유료 누적 조회수 5천만 산경 작가의
실패하지 않는 웹소설 연재의 기술

유료 누적 조회수 5천만
산경 작가의

실패하지 않는
웹소설
연재의 기술

산경 지음

위즈덤하우스

웹소설을 시작하는
분들을 위해

소설에서는 글로 표현한 말이 콘텐츠입니다. 폰트만 다를 뿐 누구나 글이라는 동일한 재료로 뭔가를 만들어냅니다. 글의 조합으로 문장이 나오고 문장이 모여 하나의 이야기가 될 때 작가의 역량 차이가 드러납니다.

그런데 일반 소설과 웹소설의 차이가 뭐냐고 묻는 분이 많습니다. 일반 소설 작가는 글을 다루지만 웹소설 작가는 '이야기'를 다룹니다. 일반 소설 작가가 완벽한 문장을 고민할 때 웹소설 작가는 좀 더 재미있고 흥미 있는 상황을 고민합니다. 일반 소설 작가는 현실 속의 평범한 사람 혹은 평범한 환경 속에 숨어 있는 깊이를 파헤치기 위해 노력한다면 웹소설 작가는 흥미 있는 사람, 흥미 있는 환경을 다양하고 넓게 보여줍니다.

일반 소설을 두 시간짜리 영화라고 한다면 웹소설은 한 시간짜리 드라마 24부작이죠. 일반 소설은 완성된 작품을 보여줍니다. 반면 웹소설은 작품의 완성을 위해서 독자와 함께 만들어나가는 과정을 보여줍니다. 일반 소설 작가는 나만의 이야기를 고수하지만 웹소설 작가는 필요하다면 이야기의 방향을 언제든지 틀 수가 있습니다. 결정적으로 일반 소설을 습작하면 돈이 안 되지만 웹소설은 습작을 해도 돈이 됩니다.

먼저 제가 쓴 작품을 간단히 소개하겠습니다. 제가 가장 먼저 쓴 소설은 『강호성전록』이란 무협소설이었습니다. 저는 10대 때 무협소설을 보며 자란 세대라 취미 삼아 끼적인 글을 무료로 연재했습니다. 처음이다 보니 연재도 불규칙했고 분량도 들쑥날쑥했죠. 그러다 글을 더 쓰기가 싫어져서 주인공을 죽여버리고는 100화로 급히 마무리했습니다.

정식 데뷔작은 두 번째로 쓴 소설인 『비따비 : Vis ta Vie』였습니다. 당시 저는 직장인이었고 이 작품 역시 유료연재는 아니었습니다. 유료연재는 기성 작가나 출판사 소속의 작가만 가능한 줄 알았기 때문에 유료연재는 목표가 아니었죠. 그때만 해도 제가 전업작가가 되리라고는 전혀 상상하지 못했고 기대도 하지 않았습니다. 그래서 『비따비』를 완결하고 나서는 다시 직장생활에 충실했습니다. 그런데 이 소설이 유료로 전환되면서 신기하게도 통장에 계속 입금이 되더라고요. 그제야 웹소설 작가가 괜찮은 직업일 수 있겠다는 생각이 들었습니다.

그렇지만 글쓰기를 직업으로 삼기 위해서는 두 가지 확신이 필요했습니다. 우선 전업작가가 되면 전작의 후광을 지우고 싶었어요. 두 번째로 『비따비』에는 제 개인적인 경험이 많이 들어가 있었기 때문에 제 경험이 전혀 들어가지 않은 소재로 순수한 창작물을 쓸 수 있어야 전업작가로 살 수 있다는 생각을 했습니다.

이런 생각으로 쓴 세 번째 작품이 『신의 노래』였습니다. 『비따비』를 썼을 때의 필명은 '시디어스'였고 『신의 노래』를 쓸 때는 필명을 '산경'으로 바꿨기 때문에 이때도 독자들은 저를 신인으로 생각했습니다. 『신의 노래』는 제가 전업작가의 길로 가도록 확신을 준 소설이기 때문에 가장 애착이 가는 작품이지만 가장 고생을 많이 한 작품이기도 합니다.

네 번째 작품은 『리얼레이드』라는 레이드물이었습니다. 이때부터 본격적으로 전업작가가 되었는데요, 당시 트렌드가 바로 레이드물이었습니다. 그래서 저도 유행하던 레이드물을 쓰기 시작했죠. 결과는? 2권까지 쓰고 접었습니다. 악플도 많이 달렸고 망해서 접었다고 생각하는 사람이 많지만 사실 베스트 2, 3위 정도는 찍었었죠. 1일 조회수도 1만이 넘었고요. 다음 작인『네 법대로 해라』보다 좋은 무료연재 성적이었습니다. 그런데 왜 접었냐고요? 그이유는 성적이나 돈 때문이 아니라 제가 그 이야기를 끌고 나갈 자신이 없었기 때문입니다. 처음부터 너무 방대한 세계관과 복잡한 이야기 구조를 그렸기 때문에 2권 정도 쓰고 나니까 더 이상 글을 쓸 자신이 없더라고요. 다행히 유료연재로 넘어가지 않고 무료일 때 접었습니다.

다섯 번째로 쓴 작품은『네 법대로 해라』입니다. 이 작품은 성적을 떠나서 개인적으로 가장 실패한 작품이라고 생각합니다. 왜냐하면 하나의 에피소드를 쓰다 보면 제가 그 에피소드에 끌려 들어가곤 했거든요. 그래서 그 에피소드가 꼬리에 꼬리를 무는 방식으로 계속 전개가 됐고, 에피소드 하나로 한 권 이상을 쓴 적도 있습니다. 또한 대중의 법해석과 법조인의 법해석의 차이를 너무 부각하다 보니 독자들에게 와 닿지 않았던 것 같습니다.

여섯 번째로 쓴 작품은『재벌집 막내아들』입니다.『리얼레이드』를 중간에 접었고『네 법대로 해라』도 좋은 성적이 아니었다 보니 마음이 굉장히 조급해지더라고요. 글 쓰는 일도 직업인데 고정적인 수입은 확보해야 한다고 생각했습니다. 그래서 『네 법대로 해라』를 완결하고 일주일인가 열흘 정도 후에 바로 『재벌집 막내아들』을 시작했습니다. 이 작품은 다양한 인물이 각자의 욕망을 채우기 위해 벌이는 암투극입니다. 다행히 반응이 좋아서 연재 첫날 유료 조회수가 한 플랫폼에서 18,000 정도 나왔고요. 완결할 때는 2만 정도의 유료 조회수가 나왔습니다. 평균 2만 정도로 연독률(연속해서 작품을 읽는 비율)이 꾸준하게 찍혔습니다. 전체 플랫폼 평균 조회수로 따진다면 7~8만 명 정도가 이 작품을 본 것 같습니다. 그다음 신작을 연재했는데 신작보다 『재벌집 막내아들』 매출이 더 좋다는 말도 나왔습니다. '잘 키운 작품 하나 열 작품 안 부럽다'는 작가들의 농담은 사실이었습니다.

일곱 번째 작품은 『중원 싹쓸이』란 무협물입니다. 서툴렀던 첫 번째 작품 『강호성전록』에 대한 아쉬움과 미련이 오랫동안 남아 있었기 때문에 마치 묵은 숙제를 해내는 듯한 의무감으로 쓴 작품입니다. 주인공이 악해지는 데는 이유가 있어야 하지만 이 작품의 주인공은 단순히 끝없이 소유하고 싶은 욕망이 전부인 인물입니다. 다른 목적이 없죠. 어떻게 보면 이런 것이 현대인의 특징이라고 생각했습니다.

이런 작품들을 써오면서 많은 것을 배우고 깨달았습니다. 처음 글을 쓰기 시작할 때는, 또 전업작가로 글을 쓰기 시작할 때는 사실 서투른 점도 많았습니다. 그래서 지금 시작하는 분들이나 작가 지망생들은 저와 같은 시행착오를 겪지 말았으면 하는 마음으로 경험을 통해 터득한 노하우를 공유하고 싶었습니다.

웹소설 시장이 급성장하고 있고 웹소설을 쓰고 싶어 하는 분도 많아졌습니다. 그런데 대체 어떻게 해야 웹소설 작가가 될 수 있는지, 작가가 된 뒤에는 또 어떻게 해나가야 하는지 가이드가 부족한 게 현실입니다. 그래서 부족하나마 제가 웹소설 작가로 살아오며 터득한 것들을 공유하고자 합니다.

이 책은 '콜로소'에서 진행한 웹소설 강의를 엮은 것입니다. 소재 선정부터 캐릭터 설정, 자료조사, 작품 구성법, 다양한 기법들, 연재 시 꼭 지켜야 할 규칙 그리고 작가로

서의 마음가짐까지 웹소설에 관한 모든 것을 담았습니다. 책이라는 형태로 더 많은 분에게 도움이 되었으면 하는 바람입니다.

웹소설 작가를 꿈꾸는 지망생이나 신인작가분들이 망설이거나 고민하는 순간에 이 책이 작은 불빛이 될 수 있다면 더할 나위 없겠습니다.

2019년 12월

산경

차례

01

내가 가장 잘 쓸 수 있는
이야기를 써라

웹소설을 쓰려고 마음먹은 사람이라면 가장 먼저 이런 고민을 할 겁니다.

'그런데 어떤 이야기를 쓰지?'

웹소설을 쓸 때 가장 먼저 정해야 하는 것이 소재입니다. 소재를 생각하면 장르는 따라오기 때문이죠.

소재를 고르는 기준은 한마디로 요약할 수 있습니다. 자기 몸에 맞는 옷을 입어야 합니다. 즉 자기가 쓰고 싶은 이야기를 써야 하고, 쓸 수 있는 이야기를 써야 합니다. 이 두 가지 조건을 충족하지 못하면 처음에는 괜찮을지 모르지만 회를 거듭할수록 글이 망가집니다. 웹소설에서 글이 망가진다는 것은 연독률이 박살난다는 뜻입니다. 무료연재 때 1~3만 정도 조회수가 나왔는데 유료로 전환하고 보니 그전 조회수의 10퍼센트도 안 나오는 작품이 수두룩합니다. 무료연재 때 조회수가 올라가면서 기대가 점점 커졌는데 유료 전환율이 낮으니 작가는 높았던 기대만큼이나 실망하게 되죠. 그러면 글을 쓸 동력이 떨어지고 맙니다.

최악의 경우 쓸 내용이 바닥나서 연재를 중단할 수도 있습니다. 그러니 '내가 가장 잘 쓸 수 있는 이야기가 무엇일까'부터 생각하십시오.

내 경험을 담아보자

상업작가로서 작품을 쓰는 목표는 당연히 '재미'입니다. 하지만 재미 외에도 작가가 하고 싶은 이야기가 있을 수 있습니다.

저의 경우에도 『재벌집 막내아들』을 쓸 때는 독자들에게 메시지를 전하고 싶다는 욕심이 약간 있었습니다. 부의 목적이 뭘까, 왜 현대인들은 돈과 부에 매달려 살까, 하는 점에 대해서 말이죠. 재벌처럼 어마어마한 돈을 모아서 "과연 그 돈을 어디에 쓸 건데"라는 질문이 이제는 무의미한 시대가 되었습니다. 돈 그 자체가 목적이 된 것이죠. 자본주의에서는 돈이 세상을 지배합니다. 그것이 잘못되었다고 말하려는 것이 아닙니다. 그저 그런 현실을 그리고 싶다는 것이죠. 『중원 싹쓸이』도 배경은 무협이지만 결국

부의 축적이 주된 이야기였습니다. 앞으로도 소재나 배경은 다를지 몰라도 이 시대를 지배하는 자본, 돈, 부에 관해서 쓸 생각입니다.

그런데 내가 하고 싶은 이야기가 있지만 그게 인기가 없는 장르나 소재일 수 있겠죠. 예를 들어, 나는 지금 중세 판타지를 쓰고 싶은데, 혹은 뛰어난 의사 이야기를 쓰고 싶은데, 그런 장르나 소재가 현재 크게 인기가 없는 겁니다. 이런 경우 상업성을 위해 다른 요소를 좀 넣어도 좋습니다. 어떤 요소를 넣을 수 있을까요?

여러분의 경험을 한번 넣어보십시오. 중세 판타지를 다루든 세상이 쪼개져서 온갖 몬스터가 나오는 이야기를 쓰든 그 안에 여러분의 경험을 녹여보십시오. 내 경험을 어떻게 중세 판타지에 적용할 수 있을까 하는 의문이 든다고요? 그 시대나 현대나 인간관계의 문제는 그리 다르지 않습니다. 혹은 중간 중간에 조연을 등장시켜서 톡톡 튀는 이야기를 넣어도 좋습니다. 단, 이야기에 생동감이 있어야 하는데요. 그러기 위해서는 역시 자기 경험을 바탕으로 쓰는 게 좋겠죠.

저 같은 경우에도 제 경험을 작품에 담은 적이 있습니

다. 『비따비』는 성공의 욕망보다 일상의 행복을 추구하는 샐러리맨의 이야기를 담고 있는데요. 이런 소재를 택한 계기가 있습니다. 웹소설 연재 사이트인 '문피아'에서 베스트 글 하나를 봤는데 기업물을 다루는 소설이었어요. 그런데 작가가 직장생활을 해보지 않았다는 게 제 눈에는 너무나 티가 나더라고요. 그래서 '리얼한 직장생활 이야기를 한번 써볼까?' 하는 마음으로 제 직장생활의 경험을 담아 연재를 시작하게 됐죠.

아예 여러분의 경험을 이야기로 써도 좋습니다. 실제 톡톡 튀는 신인작가들 중에서 자신의 경험에서 소재를 가져온 사람이 굉장히 많습니다. 호텔에서 일해본 경험이 있어서 호텔에 관련된 이야기를 쓴 사람도 있고, 컴퓨터를 잘 알아서 해커에 대한 이야기를 쓰는 사람도 있습니다. 어떤 작가는 만화를 너무 좋아해서 코믹북에 관한 이야기를 전문으로 쓰기도 합니다. 자기 경험을 얼마나 잘 녹였느냐! 그것이 바로 작품의 퀄리티를 올리고 상업성을 높이는 비법입니다.

인기 작품을 따라 쓰면 성공할 수 있을까

소위 말하는 '트렌드 작품'이라는 것이 있습니다. 현재 가장 잘 팔리는 인기 작품을 그대로 따라서 쓰는 작품입니다. 인기 작품과 비슷한 배경, 비슷한 이야기 구조, 또는 비슷한 주인공을 등장시키는 거죠. 이런 웹소설을 쓰는 작가들은 '트렌드에 맞는 작품을 쓴다'고 말할지 모르겠습니다. 그렇다면 이렇게 묻고 싶습니다. 과연 작가들이 현 트렌드를 분석할 수 있을까요? 만약 할 수 있다면 그 트렌드에 맞춰서 쓸 능력은 있나요?

트렌드란 쏠림 현상을 말하는 겁니다. 사람들이 쏠리는 곳이 바로 트렌드죠. 트렌드를 분석할 때는 이 트렌드가 지금 시작점에 있는가, 정점에 있는가 혹은 끝물인가를 먼저 파악해야 합니다. 그러기 위해서는 빅데이터를 수집해서 분석해야 하는데요. 웹소설 플랫폼이 수십 개가 넘고 연재하는 작품만 하루에 천 편 이상 올라오는데 그게 가능할까요? 수십 명의 전문가들이 모여야 가능한 일을 작가 혼자 하는 건 불가능하죠. 대기업 마케팅 팀에서도 성공하기 어려운 것이 바로 트렌드 분석입니다. 모든 플랫폼의 상위작을 다 봤다고요? 인기작만 보는 게 제대로 된 트렌드 분석이라고는 할 수 없습니다. 그런데도 나름대로 트렌드 분석을 했다고 착각하고 잘못된 의제를 설정했다가는 잘못된 질문과 해답을 내놓게 됩니다.

이제 정확한 질문으로 바꿔보겠습니다. 상위권 작품의 이미테이션 혹은 아류작을 써서 낙수효과를 보겠습니까, 아니면 조회수 0이 나오더라도 내가 쓰고 싶은 이야기를 쓰겠습니까?

상위권 작품을 따라 쓸 경우 단기간에 조회수를 올릴 수 있다는 장점은 있습니다. 웹소설 한두 편으로 잠깐 돈을 벌겠다면 괜찮은 선택입니다. 단 두 가지 조건이 있죠. 최소한의 퀄리티를 유지해야 하고, 300화 이상 써야 합니다. 그런데 자기가 쓰고 싶은 작품이 아니라면 이 두 조건을 충족시키기가 무척 힘듭니다.

트렌드를 따라 쓴 글은 생명력이 아주 짧습니다. 그 작가의 작품이어서 보는 게 아니라 트렌드인 글을 보는 것이기 때문입니다. 그래서 몇 년 뒤에 신작을 연재해도 아무도 찾아보지 않을 수도 있습니다.

현대 판타지물이 대세라는데

웹소설에는 많은 장르가 있지만 요즘 연재 플랫폼 대부분에서 상위권을 차지하거나 좋은 성적을 내고 있는 장르는 바로 현대 판타지입니다.

한때는 정통 판타지가 인기를 휩쓸었던 적이 있었죠. 꽤 오래전 일입니다. 그때까지만 해도 판타지는 중세를 배경으로 기사, 마법, 영주, 왕 등이 나오는 작품을 말했습니다. 이제는 이것을 정통 판타지라고 부릅니다. 그보다 훨씬 전에는 무협소설이 인기였습니다. 김용의 『영웅문』이 인기를 끌면서 많은 독자가 무협소설을 찾기 시작했죠.

현대를 배경으로 하는 현대 판타지물은 독자들이 읽으면서 공감할 수 있는 내용이 많습니다. 내용 자체는 판타지답게 몬스터가 등장하고 게이트가 열리는 레이드물이나 헌터물이라 할지라도 그들이 있는 곳은 현재의 대한민국이고, 그들이 쓰는 대사도 바로 지금 우리가 쓰는 말과 동일합니다.

직업 역시 마찬가지입니다. 내 곁에 있는 친구, 부모님, 가족, 친척, 이런 사람들의 직업이 소설 속에 나옵니다. 대사 역시 마찬가지고요. 그래서 독자들이 가장 완벽하게 깊이 몰입할 수 있는 장르가 바로 현대 판타지물입니다. 이것이 타 장르에 비해 현대 판타지가 득세하고 있는 이유이기도 하고 장점이기도 합니다.

그렇기 때문에 현대물은 리얼리티가 살아 움직여야 합니다. 그래야 같은 시대를 살아가는 독자들이 호응하고 몰입합니다. 단, 진정한 현실은 너무 밋밋하고 재미가 없잖아요. 그래서 약간의 양념이 필요합니다. 물론 이 양념도 너무 과해선 안 됩니다.

예를 들어보겠습니다. 제가 『네 법대로 해라』를 쓸 때 전직 검사였다가 변호사로 일하는 친구와 굉장히 많은 이야기를 나누었습니다. 그 친구의 말에 따르면 현실의 판검사, 변호사는 오로지 서류로만 일을 한다고 합니다. 우리가 흔히 봤던 법정 드라마에 나오는 변호사의 화려하고 드라마틱한 언변은 한국 법정에서 찾아보기 힘들다는 거죠. 우리가 드라마나 영화에서 봤던 검사나 변호사가 주인공인 이야기들은 많이 과장된 것입니다. 사실 진짜 세상은 아주 사소하고 평범한 일을 매일 반복하는 것으로 이루어져 있습니다. 현대물을 쓰겠다면 이런 리얼한 세상을 보여줘야 하지만, 그렇다고 똑같은 일을 반복해서 쓸 수는 없죠. 그렇기 때문에 아주 드물게 일어나는 극적인 사건들을 계속해서 연결시켜서 독자들에게 전달해야 합니다.

또한 『재벌집 막내아들』 같은 경우에는 1980년대와 1990년대의 한국을 고스란히 배경으로 가져온 작품으로, 대략 25년간의 이야기입니다. 우리나라를 다이내믹 코리아라고 하지 않습니까. 25년간 얼마나 많은 일이 일어났겠습니까. 저는 그 많은 일을 압축해서 보여준 것입니다. 그래서 독자들이 몰입하기 쉬웠고 연재 끝까지 많은 조회수를 유지할 수 있었던 것 같습니다.

그런데 현대 판타지의 단점이 있다면 경쟁률이 너무 심하다는 겁니다. 너도나도 현대 판타지를 쓰다 보니 묻히기 십상이죠. 반면 현재 정통 판타지를 쓰는 작가들은 거의 없습니다. 그런데 정통 판타지에도 마니아들이 있기 때문에 오히려 이 장르에서는 아주 평균적인 퀄리티만 내도 거의 매출이 보장됩니다. 무협소설 역시 마찬가지입니다. 경쟁은 치열한데 독자 풀이 넓은 현대 판타지를 택할 것이냐, 아니면 경쟁은 느슨한데 독자 풀이 적은 타 장르를 택할 것이냐. 이 질문에 대한 대답은 여러분 자신만이 할 수 있습니다. 저는 여러분이 잘 쓸 수 있는 것을 쓰라고 말하고 싶습니다. 경쟁률과 관계없이.

자기만의 색채를 만들어가자

평생직업으로 작가를 꿈꾼다면 자기만의 색채를 만들어가야 합니다. 그래야 1년 전에 썼던 글, 5년 전에 썼던 글이 계속 팔립니다. 자신의 색채를 간직한 10년 차 작가는 조회수 걱정을 그리 크게 하지 않습니다. 왜냐하면 10년간 썼던 구작들이 안정적인 수입을 보장해주기 때문입니다.

이 책을 읽는 분들은 최소한 10년 이상의 전업작가가 되기로 결심했을 것입니다. 오늘도 상위 인기작을 뒤적이며 비슷하게 쓸 궁리만 하는 분이 있다면 10년 뒤를 생각해보기 바랍니다. 상위권 작품의 포맷만 줄곧 카피해 썼다면 아무도 여러분을 기억하지 않을 겁니다. 그리고 여러분의 색채도 기억하지 않습니다. 당연하죠. 색채가 없기 때문입니다. 10년 된 작가가 자신만의 색채가 없다는 것은 10년 뒤에도 쓸 때마다 신인처럼 고민을 해야 한다는 이야기입니다.

빨리 성공하고 싶어 조급할 수 있습니다. 그런 마음은 잘 압니다. 하지만 천천히 자신만의 길을 찾고 뚜벅뚜벅 걸어가는 여유를 가져야 합니다. 조급함을 떨쳐버리고 글을 쓸 수 있는 최고의 방법은 바로 여러분이 원하는 글, 여러분이 들려주고 싶은 이야기를 써내려가는 것입니다. 여러분 자신을 믿으십시오. 좋은 작가가 될 수 있습니다.

웹소설의 소재와 장르 찾기

1. 내가 쓰고 싶고, 잘 쓸 수 있는 이야기를 찾는다.

2. 자기 경험을 잘 녹이면 작품의 퀄리티와 재미를 다 잡을 수 있다.

3. 트렌드 작품을 따라 쓰는 건 생명력이 짧다.

4. 유행하는 장르보다 자신이 잘 쓸 수 있는 장르를 택하자.

5. 전업작가를 꿈꾼다면 자기만의 색채를 만들어야 한다.

02

캐릭터에 나 자신을
투영해보자

이야기의 소재를 정한 다음에는 주인공 캐릭터를 고민해야 합니다. 웹소설에서는 결국엔 캐릭터만 남는다고 할 정도로 캐릭터가 중요합니다. 웹소설에서 주인공의 캐릭터는 크게 두 가지로 나눌 수 있습니다. 하나는 성장형이고 하나는 완성형입니다. 특히 판타지무협 장르에서는 이 두 가지 캐릭터가 주로 등장합니다.

보통 완성형 주인공은 회개했거나 환생했거나 빙의했거나 혹은 천재입니다. 완성형 주인공의 장점은 처음에 이야기를 전개하기가 굉장히 쉽다는 것입니다. 소위 '사이다' 같은 시원시원한 전개가 계속되죠. 하지만 같은 방식이 반복되면 독자들은 금방 식어버립니다.

한편 성장형 주인공인 경우에는 답답한 전개가 이어집니다. 초반에는 주인공이 미약하기 때문이죠. 하지만 한 번씩 터지는 '사이다'는 완성형 주인공과는 비교할 수 없을 만큼 짜릿한 맛을 줍니다. 또한 장편 연재가 용이하다는 장점이 있습니다.

처음부터 완벽한 캐릭터는 없다

주인공 캐릭터를 설정할 때는 외모뿐 아니라 나이, 환경 등을 결정하는데요. 이때 많이 저지르는 실수가 있습니다.

우선 주인공의 환경을 설정할 때 많이 하는 실수입니다. 많은 작품 속의 주인공들이 불우한 가정환경을 가진 것으로 그려집니다. 그리고 이러한 주인공이 각성, 환생, 회귀 등을 통해 180도 달라지는 모습을 보여주죠. 처음에는 캐릭터를 평균적인 삶보다 훨씬 저점으로 잡은 다음 180도 달라진 모습을 보여주기 위해 아주 위쪽에 있는 주인공으로 변화시킵니다. 그런데 대부분의 작가는 평균적인 삶을 살고 있습니다. 작가가 설명할 수 있는 부분은 소폭에 불과한데 캐릭터의 큰 변화를 설명하려고 하니 한계가 보일 수 있습니다. 이야기 초반부에 주인공의 불우한 모습이 어색하게 느껴진다면 작가는 그런 경험을 한 적이 없다는 것을 알 수 있습니다. 반면 짜릿할 정도로 생생하게 그려졌다면 작가의 경험이 묻어 있는 것입니다. 드물지만 작가 자신이 굉장히 힘든 경험을 많이 했고 저점에서 살았던 생생한 기억을 갖고 있을 수도 있습니다. 그렇다면 큰 변화를 보여줘도 됩니다.

슈퍼히어로가 많이 나오는 영화 「어벤져스」를 떠올려봅시다. 거기서 굉장히 저점의 인생을 살고 있는 사람이 있나요? 토니 스타크는 굉장한 갑부이고, 「스파이더맨」의 주인공은 비록 고등학생이지만 머리가 좋은 학생입니다. 굳이 바닥을 기는 저점 인생을 주인공 캐릭터로 설정할 이유가 없습니다. 캐릭터의 변화가 크다고 해서 큰 반전을 주는 게 아닙니다. 캐릭터를 둘러싼 환경의 변화가 얼마나 크냐에 따라 반전을 줄 수 있습니다.

평범하게 살아온 작가의 머릿속에서 탄생한 캐릭터는 평범함을 벗어나기 힘듭니다. 그렇기 때문에 처음부터 비범한 캐릭터를 그리려고 노력하지 마십시오. 평범한 캐릭터가 뒤바뀐 환경에서 어떻게 생각하고 어떻게 행동하며 어떻게 바뀌는지 생각하십시오. 이런 고민을 하는 게 비범한 캐릭터를 만들어내는 더 좋은 방법입니다.

처음부터 완벽한 캐릭터를 만들려고 할 필요는 없습니다. 처음부터 완벽한 캐릭터를 만들어냈다는 것은 작가 혼자만의 생각입니다. 독자들은 완벽하고 개성 있고 재미있는 캐릭터라고 생각하지 않을지도 모릅니다. 여러분도 어릴 때의 성격과 지금의 성격이 많이 바뀌었지 않나요? 마찬가지로 작품 속에 나오는 주인공도 등장할 때에 비해 작품이 끝날 때는 아주 다른 성격을 가지게 될 것입니다. 작품을 써나가면서 조금씩 변하게 하는 것이 바로 작가가 해야 할 몫입니다. 물론 처음부터 매력 넘치는 완벽한 캐릭터를 만들어낸다면 참으로 좋은 일이겠지만 완성된 캐릭터를 향해 조금씩 나아간다는 느낌으로 써도 충분합니다.

캐릭터는 나를 드러내는 수단이다

주인공의 나이를 설정할 때도 많이 하는 실수가 있습니다. 20대 작가가 50대 중년 남성을 주인공으로 삼았다고 해봅시다. 그리고 이 50대 주인공 남성이 회귀해서 20대가 된다는 이야기를 씁니다. 그런데 20대로 회귀하더라도 겉모습과 주변 환경만 변한 것이지 50대의 인격은 그대로 가지고 있는 거잖아요. 20대 작가가 50대 주인공의 생각, 감성, 행동, 판단을 이해할 수 있을까요?

만약 작가가 30대라면 그 간격은 그나마 줄어듭니다.

30대 작가가 '중년에서 젊은 시절로 돌아가는 이야기'를 쓴다면 정신은 중년, 몸은 청년인 상태로 비교적 쉽게 쓸 수 있을 것입니다.

결국 작가 자신의 나이와 성격, 통찰력을 바탕으로 캐릭터를 설정해야 독자가 이질감을 느끼지 않습니다. 저 같은 경우에도 『재벌집 막내아들』을 연재할 때 몰입도가 좋다는 이야기를 많이 들었는데, 그건 제 성격과 작품의 색깔이 일치한 덕분도 있다고 생각합니다. 저는 비판적인 편이라 뉴스를 볼 때도 팩트 그 자체를 받아들이는 게 아니라 숨은 의미를 파악하려고 합니다. 처음 사람을 만났을 때도 '저 사람이 내게 원하는 것이 뭘까'라는 생각을 합니다. 가족이나 친구가 아닌 한 주고받는 게 당연하다고 생각하거든요.

이런 저의 성격 덕분에 『재벌집 막내아들』을 쓸 때 퍽 수월했습니다. 등장인물들이 서로 감추고 속이고 하는 내용이 많았는데 그런 것을 쓰기 편했죠. 그들이 숨기고 있는 욕망을 표현하기 쉬웠기 때문입니다.

어차피 소설이라는 것은 작가를 드러내는 수단 아닙니까. 여러분도 자신의 모습을 솔직하게 캐릭터에 투영해보는 게 어떨까요. 자서전 말고, 일기 말고, 새로운 이야기 속에서 여러분의 모습을 마음껏 드러내는 겁니다.

입체적인 캐릭터를 만드는 법

인간은 한쪽으로 치우쳐 있지 않습니다. 그런데 또 어떤 의미로는 한쪽으로 치우쳐 있습니다. 이게 무슨 말인가 하면, 사람은 극단적으로 어느 한쪽만 선택하지는 않는다는 뜻입니다. 각각의 사안에서 전혀 다른 모습을 드러냅니다. 예를 들어, 어느 재벌 회장은 회사 직원이 다쳤는데도 산재 보험료를 지급하지 않으려고 무던히 애를 씁니다. 그런데 텔레비전에서 굶어죽는 아프리카 어린아이를 보고 몇억이라는 돈을 쾌척하기도 합니다. 몇백만 원을 아낄 때가 있고 몇억을 그냥 쓸 때가 있습니다. 사안에 따라 다른 기준을 적용하여 행동한다는 뜻입니다.

캐릭터는 이런 면면들의 총합입니다. 그룹 회장이 국밥집에 가는 것이 이상하다고 생각하십니까? 단돈 천 원 때문에 화를 내는 게 어울리지 않는다고 생각하십니까? 회장이니까 값싼 국밥집엔 안 다닐 거라고, 천 원 정도는 돈으로 보지 않을 거라고 생각하는 순간 캐릭터가 평면적이고 밋밋하게 나오는 겁니다.

인간은 굉장히 복잡합니다. 그래서 작품을 쓰기 전에 캐릭터를 완벽하게 만드는 것은 사실 쉬운 일이 아닙니다. 그러니까 가장 큰 틀만 잡고 개별 사안이 나올 때마다 고심해서 한 가지를 선택하는 겁니다. 그 캐릭터가 어떤 선택을 할지를 바로 작가가 선택하는 거죠.

그럼 캐릭터의 큰 틀은 어떻게 잡아야 할까요? 먼저 인물의 직업을 한번 생각해봅시다. 의사, 변호사, 검사, 회사원 등 어떤 직업에 대해 사람들이 흔히 생각하는 공통적인 이미지가 있습니다. 일단 그 이미지를 기본적으로 살려야 합니다. 그런 다음, 각각의 사안에 대해 어떤 판단을 하고 어떤 선택을 할지 설정해야 하는데요. 양극단을 먼저 설정합니다. 선이냐 악이냐를 생각하고, 합법이냐 불법이냐를 생각하는 거죠. 또 이성의 문제인가 감성의 문제인가를 생각합니다. 이렇게 양극단을 놓고 여러분이 생각한 주인공이 개별 사안에 대해서 어떤 선택을 하는가를 정해야 합니다. 어떨 때는 악을 선택할 수 있고 어떨 때는 선을 선택할 수 있습니다. 어떨 때는 비윤리를 선택할 수도 있고 어떨 때는 윤리를 선택할 수도 있죠. 물론 중도적인 입장을 취할 수도 있습니다. 합법과 불법을 교묘하게 넘나드는 사람이냐, 오로지 합법만 지키는 사람이냐. 혹은 늘 이성적으로 행동하는 사람이냐, 감정에 많이 치우치는 사람이냐. 이런 식으로 여러 가지 기준을 세운 다음 캐릭터가 선택하도록 하는 것입니다.

주인공만큼 사랑받는 조연

주인공 캐릭터의 성격은 혼자서 형성되는 법이 없습니다. 우리가 사는 현실과 마찬가지죠. 주변 사람들에 의해서 캐릭터가 형성됩니다. 그러므로 주인공 캐릭터를 형성하는 가장 큰 요인은 주변에 있는 조연들의 성격입니다. 조연들이 주인공을 마냥 도와준다면 의존하는 성격을 가진 주인공 성격이 나올 수도 있고, 착한 주인공이 나올 수도 있습니다. 반대로 주인공 곁에 모두 악한들만 있다면 주인공은 좀 더 독해지고 악랄해집니다. 캐릭터의 성격과 행동은 항상 주변 인물에 의해서 형성된다고 생각하면 됩니다.

『재벌집 막내아들』의 경우 주인공 주변에는 한량 같은 아버지, 지독한 재벌 회장인 할아버지, 그리고 욕심 많은 여러 친척이 있습니다. 이 중에서 적과 아군을 명확하게 구분하고, 적은 쓰러뜨리고 아군은 도와주는 환경을 만들다 보면 캐릭터가 어떤 사람인지 점차 드러납니다.

조연들의 캐릭터를 설정할 때는 습관을 부여해주면 좋습니다. 습관은 캐릭터에 생동감을 주는데, 주인공보다 조연에게 부여하는 게 낫습니다. 담배를 피우는 습관, 손톱을 뜯거나 코를 훌쩍거리는 습관 등을 부여하면 자칫 잊히기 쉬운 조연들을 독자가 기억하게 만들 수 있기 때문입니다.

그런데 글을 쓰다 보면 의도치 않게 어떤 조연이 독자들에게 굉장히 사랑받는 경우가 있습니다. 심지어 주인공보다 오히려 조연이 훨씬 더 인기가 많아지기도 합니다. 그렇게 되는 경우는 오로지 하나입니다. 그 조연이 주인공에게 꼭 필요한 존재인 경우입니다.

그런 경우 조연은 주인공을 도와주는 존재가 아니라 가

르치는 존재일 때가 많습니다. 주인공의 멘토 역할을 하는 조연인 경우에 그렇게 큰 사랑을 받는 일이 있습니다. 문제는 이런 조연을 언젠가는 퇴장시켜야 한다는 것입니다. 계속 같이 가게 되면 주연과 조연이 아니라 투톱 체제가 되기 때문입니다. 투톱 체제가 되면 독자들도 반으로 갈리죠. 원래 주인공을 좋아했던 독자, 그리고 사랑받는 조연을 더 좋아하는 독자. 그러면 작가는 글을 쓸 때 두 사람의 비중을 생각해야 합니다. 주연에 비중을 두면 조연을 좋아하는 사람들이 떨어져나가고, 조연에 비중을 두면 주연을 좋아하는 사람들이 떨어져나갑니다.

사랑받는 조연이 등장했다고 해서 작가가 신이 나서 그 조연을 띄우면 띄울수록 작품은 산으로 가게 됩니다. 처음 의도했던 대로, 아무리 사랑받는 조연이라 할지라도 아름다운 퇴장을 시켜야 합니다. 조연의 퇴장 시점은 독자들이 원하는 대로 하는 것이 아니라 글의 흐름상 작가가 판단해야 합니다.

주연보다 더 사랑받는 조연을 일부러 만들려고 하면 억지가 됩니다. 조연이 주인공을 과도하게 도와주다 보면 이야기의 흐름이 흐트러집니다. 그러면 독자들은 주인공을 싫어하거나 무시하게 되고, 조연은 조연대로 외면당합니다. 여러분은 여러분의 이야기를 쓰고 독자는 자연스럽게 그중에서 사랑스런 캐릭터를 찾는 겁니다. 그것이 바로 사랑받는 조연을 만드는 최고의 방법입니다.

웹소설의 핵심, 캐릭터 설정하기

1. 주인공 캐릭터에는 완성형과 성장형이 있다.

2. 처음부터 완벽한 캐릭터를 고민하기보다 어떻게 변화시킬지를 고민한다.

3. 나이, 성격 등이 작가 자신과 너무 동떨어지지 않도록 설정한다.

4. 캐릭터의 큰 틀을 잡은 다음 각 사안에 어떤 선택을 할지 결정해 나간다.

5. 주인공 캐릭터는 주변 조연들에 따라 형성된다.

6. 조연이 아무리 인기가 많아도 조연의 역할에 그쳐야 한다.

03

이야기를 전개하는
다섯 가지 방식

웹소설의 특징은 무한히 길게 쓰는 것도 가능하다는 것입니다. 지금 연재되고 있는 작품 중에서도 3000화가 넘는 것이 있습니다. 매일 한 편씩 썼다면 10년 동안 연재한 거죠. 또 어떤 작품은 1년에 딱 1권 분량씩 쓰는데, 그렇게 쓰고 있는 게 15년이 넘었습니다. 그렇게 긴 시간 동안 이야기를 어떻게 전개해갈 것인가 하는 것은 중요한 문제입니다. 이야기를 전개하는 방식은 다섯 가지로 나눌 수 있습니다.

첫 번째는 처음부터 마지막 성취까지 단번에 달려가는 방식입니다. 구구절절한 사족이 없습니다. 이야기의 시작과 끝이 굉장히 명확합니다.

두 번째는 스토리를 시작해서 결론에 도달한 다음 에필로그를 길게 이어가는 방식입니다. 예를 들어, 주인공이 성공한 다음 그 뒷이야기가 에필로그 형식으로 이어집니다. 독자들이 아주 좋아하는 방식이기도 합니다.

세 번째는 주인공 캐릭터가 성장을 해서 결론에 도달한

다음 마지막 부분에 있는 에피소드를 무한 반복하는 겁니다. 주로 전문적인 직업물에서 많이 사용하는 방법입니다. 의사나 변호사 혹은 검사들의 이야기가 되겠죠. 예를 들어, 처음 의사가 돼서 인턴 생활을 시작하고 마지막에 전 세계에서 인정받는 세계적인 의사가 되었습니다. 그런 다음 어려운 수술을 하나둘 계속 해나가는 겁니다. 무한 반복이 가능한 이야기 구조죠. 변호사라고 해도 마찬가지입니다. 변호사 시험을 거쳐서 훌륭한 변호사가 됩니다. 그런 다음 온갖 사건들을 계속 해결해나가는 것입니다. 이런 방식은 굉장히 길게 쓸 수 있다는 게 장점입니다.

네 번째는 하나의 긴 이야기를 끝낸 다음에 그와 유사한 식으로 또 하나의 긴 이야기를 쓰는 방식입니다. 보통 1부, 2부로 나누어지는 웹소설을 말합니다. 성장의 과정 없이 이미 완성된 캐릭터들이 모여서 작은 이야기들을 끝없이 풀어나가는 거죠.

다섯 번째는 옴니버스 방식입니다. 연결된 이야기 구조가 아니라 에피소드로 짤막짤막한 이야기를 들려주는 겁니다. 주인공이 의사라면 매번 다른 환자의 이야기와 치료 과정을 들려주고, 변호사라면 매번 다른 사건과 의뢰인의 이야기를 들려줄 수 있습니다. 이 방식의 장점은 초장편이 가능하다는 겁니다. 여기서 말하는 초장편이란 최소 500화 이상을 뜻합니다. 이야기 구조는 반복되지만 독자들은 그것을 즐깁니다.

옴니버스 방식은 양날의 검이다

옴니버스는 큰 플롯이 없이 반복된 구조라서 서사도 없고 엔딩도 없습니다. 그렇기 때문에 독자들이 지겨워할 때까지 언제까지고 쓸 수 있습니다. 이것을 바꾸어 말하면, 독자 입장에서는 몇 화 건너뛰어도 스토리를 따라가는 데 문제될 게 없기 때문에 언제든지 이탈할 수 있다는 뜻입니다. 양날의 검과 같은 거죠. 그래서 옴니버스는 화려한 엔딩이나 극적인 결말로 끝나는 드라마가 아니라 시청률이 떨어져 종방하는 예능 프로그램과 같은 운명을 맞게 됩니다.

매 에피소드에 재미가 가득하다면 문제가 없겠지만 쓰다 보면 필연적으로 재미없는 에피소드도 나오고 밋밋한 에피소드도 나옵니다. 혹은 작가가 지겨워져서 더 쓰지 못할 때도 있습니다. 그런데 옴니버스는 흥미진진한 에피소드가 독자를 끌고 가는 것이 아닙니다. 등장인물들의 캐릭터가 바로 원동력입니다. 주인공뿐만이 아닙니다. 자주 등장하는 조연들의 캐릭터도 독자들을 끌어들이는 원동력일 수 있습니다. 사랑스러운 조연만큼 괜찮은 캐릭터는 없으니까요.

예를 들어볼까요. 일본 드라마지만 한국에서도 굉장히 인기를 끈 드라마가 있습니다. 바로 「심야식당」과 「고독한 미식가」죠. 두 작품 다 크게 흥미진진하거나 짜릿한 에피소드는 나오지 않습니다. 「심야식당」에서는 주로 늘 나오던 사람들이 나와서 식당에 모여 떠듭니다. 「고독한 미식가」에서는 늘 나오는 주인공이 이곳저곳 다니면서 그냥 음식을 먹는 게 전부죠. 그런데 왜 이런 드라마들이 일본은 물론 한국에서도 히트를 쳤을까요? 주인공이나 항상 등장하는 조연들의 캐릭터가 시청자들을 사로잡았기 때문입니다.

옴니버스 구성을 사용하면 연재 초기에는 인기를 끌기가 쉽습니다. 도입부에서 반짝이는 아이디어 몇 개로 치고 나가기 때문이죠. 이때는 흥미를 끄는 에피소드 제목으로 끌고 갑니다. 하지만 그 반짝이는 아이디어가 사라지면 이제부터는 캐릭터가 독자들을 끌고 가야 합니다. 캐릭터가 매력 있다면 좋은 유료 성적을 기대할 수 있습니다. 하지만 밋밋한 캐릭터라면 대부분 유료전환이 불가능한 성적이 나옵니다.

자신의 스타일에 맞는 방식을 고르자

어떤 방식을 사용하느냐는 작가의 스킬이 아니라 오로지 작가의 스타일에 달려 있습니다. 저는 첫 번째 방식을 사용합니다. 목표점에 도달한 순간 스토리는 끝이 납니다. 독자들이 좋아하기도 하고 싫어하기도 합니다. 어차피 선택은 작가의 몫입니다. 여러분에게 가장 잘 맞는 스타일을 선택하면 됩니다.

신인이라면 가장 먼저 자신이 어떤 스타일인지를 파악해야 합니다. 저처럼 1번 스타일인 작가가 3번 스타일의 글을 쓰겠다고 한다면 어차피 뒷부분에 가서는 독자들이 흥미를 잃고 이탈합니다. 3번 스타일이 적합하다면 3번과 옴니버스 방식, 둘 다 도전해도 됩니다.

약간의 조언을 드리자면 웹소설 작가는 상업작가입니다. 그리고 상업작가는 스토리가 길수록 유리합니다. 『드래곤볼』, 『베르세르크』, 『원피스』, 『나루토』 같은 일본 만화를 한번 생각해보십시오. 어마어마하게 긴 양으로 이야기를 풀어내고 있습니다. 그만큼 어마어마한 수익도 올리고 있죠. 이야기를 깔끔하게 끝낼지, 길게 쓸지, 2부를 쓸지, 옴니버스로 구성할지는 바로 여러분의 판단에 달려 있습니다.

웹소설의 이야기 전개 방식

1. 이야기를 전개하는 방식에는 다섯 가지가 있다.

  ① 처음부터 마지막 성취까지 단번에 달려가는 방식

  ② 결론에 도달한 다음 에필로그를 길게 이어가는 방식

  ③ 결론에 도달한 다음 마지막 부분에 있던 에피소드를 무한 반복하는 방식

④ 이야기를 끝낸 다음 유사한 이야기를 또 써서 1, 2부로 나누는 방식

⑤ 연결된 이야기 구조가 아니라 짤막한 이야기를 반복해서 들려주는 옴니버스 방식

2. 옴니버스 방식은 언제까지고 쓸 수 있지만 언제든 끝날 수 있다.

3. 옴니버스 방식에서는 캐릭터가 중요하다.

4. 자신의 스타일을 먼저 파악한 뒤 나에게 맞는 방식을 선택한다.

54

플롯은 간략하게
큰 그림만 그리자

소설을 쓸 때 플롯을 생각하라는 말을 많이 들었을 겁니다. 플롯plot은 우리말로 '구성'을 뜻합니다. 즉 플롯은 작가의 의도대로 사건들을 나열하는 것입니다. 그렇다면 웹소설에서 플롯은 어떻게 짜야 할까요? 플롯은 큰 줄거리를 짧은 문장으로 표현하는 정도면 충분합니다. 우리는 매일 연재하는 웹소설 작가니까요. 예를 들어보겠습니다.

1. 힘든 하루하루를 살다가
2. 적들의 비열한 계략에 빠져
3. 과거가 베일에 싸인 용병이

라고 시작합니다. 그런 다음 이 이야기가 어떻게 진행되는지 한 문장으로 만듭니다.

1. (힘든 하루하루를 살다가) 교통사고로 죽었는데 고등학생 때로 회귀했다.

2. (적들의 비열한 계략에 빠져) 가문은 멸망했지만 홀로 살아남았다.

3. (과거가 베일에 싸인 용병이) 용병생활을 청산하고 귀국했다.

자, 이렇게 하면 설정은 끝났습니다. 굉장히 흔한 플롯이지만 흔하다는 게 나쁜 건 아닙니다. 독창성이 있다면 더 좋을 뿐이죠. 이제 이야기를 진행해야겠죠.

1. 미래를 잘 아니까 그 지식을 이용해서 돈을 번다.
2. 절치부심하여 실력을 닦아서 가문의 복수를 한다.
3. 복잡한 사건에 연루되어 사건을 하나둘 해결한다.

이것이 이야기 전체 줄거리를 짧은 문장으로 줄인 것입니다. 간단하고 뻔한 줄거리지만 작가가 매 화 재미있게 풀어나가는 것이 웹소설의 특징입니다. 뻔한 줄거리를 뻔하지 않게 만들기 위해서는 스스로에게 질문을 던지십시오.

'그래서 어쨌다는 거야?(So what?)'

도대체 돈 벌어서 뭐 할 건데? 복수는 당연한데 그게 전부냐? 혹은 사건만 계속 해결하는 것이 네 이야기의 전부냐? 이런 질문을 스스로에게 던지십시오. '그래서 마지막은 바로 이거야'라고 말할 수 있는 엔딩을 설정하고 이야기를 시작해야 합니다. 만약 마지막에 독자들에게 던져줄 큰 카드가 처음부터 없다면 연재를 시작하고 이야기를 풀어가는 과정에서 엔딩을 만들어내도 괜찮습니다.

플롯을 독자에게 설명하지 마라

많은 신인작가가 실수하는 것이 있습니다. 글을 쓰기도 전에 완벽한 세계관과 세세한 플롯을 짜느라고 시간을 다 보내고 정작 연재를 못하는 거죠. 솔직히 독특한 세계관이나 플롯을 짜는 건 재미있습니다. 반면 글을 쓰는 것은 굉장히 힘든 일이죠. 그러다 보니 재미있는 부분만 반복하는 겁니다. 이런 실수를 반복하는 분이 있다면 저는 이렇게 조언하고 싶습니다. 짧은 문장으로 설명할 수 있는 줄거리만 나왔으면 바로 연재를 시작하십시오. 그다음 뒷이야기,

세세한 세계관과 플롯은 생각하지 말고 오로지 도입부를 어떻게 구성할 것인가만 생각하면 됩니다.

예를 하나 들어보겠습니다. 많은 사람이 즐기는 게임, 스타크래프트를 처음 시작하면 맵이 나오는데, 자기 본진인 아주 조그만 부분만 보이고 나머지 부분은 보이지 않습니다. 세세한 세계관을 짠 작가는 보이지 않는 부분까지 전체 맵을 다 보고 있는 것과 같습니다. 독자에게는 본진밖에 보이지 않는데 작가는 이미 전체 맵을 알고 있는 거죠. 그래서 시작하자마자 자원이 가장 많은 곳으로 일꾼을 보내버립니다. 그러면 독자는 작가가 왜 이 바쁜 시기에 일꾼을 멀리 보내는지 궁금해합니다.

독자가 댓글을 달죠. '왜 일꾼을 저쪽으로 보내세요? 왜 마린 안 뽑으세요? 왜 자원만 채취하세요?'라고. 신인작가의 가장 큰 실수가 바로 이때 나옵니다. 작가는 머릿속에 세계관이 다 있기 때문에 댓글에 설명을 해주기 시작합니다. '저쪽에 굉장히 큰 자원의 보고가 있습니다'라고요. 그 순간 독자는 다 떨어져나갈 겁니다. 이야기를 스토리 안에서 풀어야지 댓글로 설명을 하면 안 되는 것이죠.

명심하십시오! 독자는 시작할 때 아주 작은 부분인 본

진만 볼 수 있습니다. 작가는 독자의 눈높이에 맞춰야 합니다. 그 안에서 납득이 가는 이야기를 풀어야 하는 것입니다. 왜 일꾼을 시작하자마자 멀리 보내는지 궁금해서 그 게임을 계속 한다거나 그 글을 계속 볼 독자는 없습니다. 그렇다고 답댓글로 세세한 설명을 하는 순간 작가는 작품을 스스로 '스포'하는 셈입니다. 작가 머릿속에 있는 완벽한 세계와 디테일한 플롯에 대해 자꾸 힌트를 주기 시작한다면 그건 이미 작가가 작품을 포기했다는 이야기죠.

어떤 작가는 댓글의 질문을 무시하고 생각합니다.

'자! 독자 여러분 조금만 기다려보세요. 이제 진짜 재미있는 이야기가 시작됩니다.'

역시 그 순간 독자들은 다 떨어져나갈 것입니다. '곧 재미있어질 테니까 기다려'라는 마음으로 쓰는 글을 독자는 절대 기다려주지 않습니다. 특히 매일 연재하는 웹소설의 독자들은 더욱 그렇습니다. 독자와 눈높이를 맞추고, 독자가 본진밖에 못 본다면 작가도 본진만 봐야 합니다. 그러려면 그냥 큰 줄거리만 생각하고 세세한 세계관과 플롯은 작품을 진행하면서 짜는 게 좋습니다. 그렇게 해서 독자와 함께 맵을 조금씩 밝혀나가는 것입니다. 맵 전체가 환하게 보이는 순간이 바로 작품의 완결이죠. 물론 그 과정에는 마린의 전투도 있고 전략적인 행동도 있습니다. 그것은 작가가 독자들에게 주어야 할 재미의 일부입니다.

플롯을 짤 때는 완급 조절이 필요하다

플롯을 짤 때는 완급 조절이 필요합니다. 보통 기승전결이라고 하죠. 흔히 '웹소설은 한 편 안에 기승전결이 다 들어 있어야 한다'라는 말을 마치 법칙처럼 말합니다. 그런데 한 편에 쓸 수 있는 양은 5,000자밖에 안 됩니다. 5,000자 안에 무슨 수로 기승전결을 다 집어넣습니까. 게다가 매 화 기승전결을 치고 나가면서 어떻게 300화를 유지하겠습니까. 개인적으로는 불가능하다고 생각합니다.

기승전결을 하나의 에피소드라고 본다면 10화 정도까지는 써도 무방합니다. 그렇지만 한 5화까지 속도감 있게 전개하려면 기승전결을 3화 안에 쑤셔 넣어야 합니다. 모든 화에 기승전결을 다 쓸 수는 없습니다. 하지만 재미있거나 결정적이거나 명대사가 들어 있는 신의 연출은 매 화 꼭 필요합니다. 그 한 장면이 다음 화로 넘어가게 하는 원동력이 되니까요. 재미없는 편, 좀 흥미가 떨어지는 편, 쉬어가는 편의 허용치는 3편이라고 생각합니다. 3편 이상 스토리가 밋밋하고 지루하면 독자들의 이탈이 시작되죠.

또 하나 주의해야 할 점이 있습니다. 주인공이 등장하지 않는 에피소드는 2편 이상 쓰면 안 됩니다. 주인공은 항상 나와야 합니다. 왜냐하면 독자들은 주인공의 행동을 가장 흥미 있게 보니까요. 3편까지 주인공이 나오지 않는다, 그러면 이미 흥미가 떨어지기 시작합니다. 흥미가 떨어진다는 말은 바로 독자의 이탈을 뜻합니다.

독자를 잃지 않는 플롯 만들기

1. 플롯을 짧은 문장으로 표현한다.
2. '마지막은 이거다!' 하는 엔딩을 준비한다.
3. 플롯을 댓글에 설명하지 않는다.
4. 밋밋한 스토리는 3편 이상 이어지지 않도록 한다.
5. 주인공이 등장하지 않는 에피소드는 2편 이상 쓰지 않는다.

05

아는 만큼 쓸 수 있다

자료조사에 대해 말씀드리겠습니다. 딱 한마디로 요약하자면 작가가 아는 게 많을수록 조사할 자료는 많아집니다. 바꿔 말하면 작가가 상식이 적을수록 자료조사의 필요성을 별로 못 느낍니다. 아예 모르는 내용을 작품으로 쓸수는 없기 때문이죠.

예를 들어보겠습니다. 유럽에 '벨라루스'라는 생소한 나라가 있습니다. 러시아 서쪽, 우크라이나와 폴란드에 접해 있는 나라입니다. 이 나라 이름을 생전 들어본 적이 없다면 작품에 써먹을 수가 없죠. 또 다른 예를 들어볼까요? 레오나르도 다빈치를 모르는 사람은 없을 겁니다. 다빈치를 조사하다 보면 다빈치가 카메라 오브스쿠라, 즉 지금 우리가 말하는 암실에 대해 언급했고, 초기 카메라 연구는 그림을 그리기 위한 도구로 시작되었음을 알 수 있습니다. 애초에 레오나르도 다빈치를 알기 때문에 이런 리서치를 할 수 있는 것이고, 이렇게 찾은 자료는 작품에 써먹을 수 있습니다. 이처럼 자료조사는 작가가 아는 것이 있어야 시작할 수 있습니다. 작가가 알고 있는 것을 좀 더 정확하고 구체적이고 방대하게 묘사하기 위해서 자료조사가 필요한 것입니다.

요즘 한창 유행하는 기업물이나 재벌물을 쓸 때 가장 많이 사용하는 소재가 IMF나 서브프라임 모기지론입니다. 경제 위기가 왔을 때 그것을 잘 이용하면 한방에 떼돈을 벌 수 있기 때문에, 그런 내용을 소재로 활용하기 좋은 것이죠.

만약 작가가 IMF나 서브프라임 사태를 들어본 적은 있지만 자세한 내용은 모른다면 그때부터 조사하면 됩니다. 이것이 바로 자료조사의 시작이죠. 그렇게 조사한 내용을 스토리에 충분히 녹여낼 수 있습니다. 저 역시 『재벌집 막내아들』을 쓸 때 서브프라임 모기지론이 작품 전체에서 굉장히 중요한 파트를 차지했습니다. 하지만 서브프라임 모기지론 자체를 모른다면, 또는 2009년 11월 두바이 정부 부채의 80퍼센트를 차지했던 최대 국영기업 '두바이 월드'의 채무지급 유예에 대해 전혀 모른다면 기업물이나 재벌물을 쓸 때 이런 사실을 활용할 수가 없습니다.

기업물이나 재벌물을 쓴다면 월스트리트에서 많이 사용

하는 경제 용어들을 알아야 합니다. 월가에서 만들어낸 수 많은 파생상품, 상품의 구성과 원리를 알아야 하고 그 상품이 어떻게 팔렸는지, 팔린 상품이 세계 경제를 어떻게 붕괴했는지 명확하게 알아야 합니다.

이처럼 자료조사는 내가 조금이라도 아는 것에서부터 시작하는 겁니다. 아는 것이 많을수록 더 풍성한 에피소드를 꾸며낼 수가 있습니다. 자료는 작가의 지식을 벗어날 수가 없습니다. 그렇기 때문에 다방면에 두루두루 관심을 가지고 계속해서 지식을 쌓아야 합니다.

생활 속 모든 것이 자료조사다

「알쓸신잡」이라는 TV 예능프로그램을 아십니까. 여기서 '알쓸신잡'은 '알아두면 쓸데없는 신비한 잡학사전'을 줄인 말이라고 합니다. 그런데 우리 작가들에게는 알아두면 '쓸데없는' 지식은 없습니다. 지금 당장은 쓸데없는 잡학지식처럼 보일지 몰라도 차기작에, 혹은 5년 뒤나 10년 뒤에 쓸 작품에 써먹게 되어 있습니다.

아는 만큼 보인다는 말이 있습니다. 작가는 아는 만큼
쓸 수 있습니다. 그러므로 작가 여러분은 시야를 지금의
관심사로 한정하지 말고 다방면으로 넓혀나가세요. 쓸모
없어 보이는 것에도 시야를 확장해서 정보와 지식을 얻고,
그것을 언젠가 작품에 녹여 쓰는 작가가 되도록 노력해야
합니다.

연재를 하는 중에는 수많은 자료를 조사하고, 그것을 정
리하고, 또 공부하기에 시간이 많이 부족합니다. 그렇기
때문에 평상시에 이런 자료들을 수집해야 합니다. 평소 항
상 자료조사를 한다는 마음으로 모든 사물을 바라보고 생
활하십시오.

보통 하루 종일 글을 쓰진 않습니다. 딴짓도 좀 하죠. 저
같은 경우 하루에 두세 시간 정도는 웹서핑도 하고 유튜
브도 보고 넷플릭스에서 영화도 봅니다. 그러다 웹사이트,
영화, 유튜브에서 조금이라도 흥미가 있는 부분이 있으면
그 즉시 자료를 조사합니다. 저 이야기의 배경은 무엇인
지, 저기 나왔던 용어는 무엇인지, 이 영상은 무엇을 말하
려 하는지 찾아봅니다. 이해가 되지 않는 부분이 있으면
그 부분에 대해서도 자료를 조사합니다.

쉴 때도 게임을 하기보다 유튜브에 좋은 내용이 있으면 보기를 권합니다. 다큐멘터리도 보고 책도 읽으면서 다양한 자료를 평소에 수집한다고 생각하면 됩니다. 재미있는 드라마가 있으면 그 드라마에 나왔던 정보나 지식을 내 것으로 만드십시오. 재미있는 영화를 봤는데 그 영화에 많은 정보나 지식이 나왔다면 그것 역시 내 것으로 만드십시오. 뉴스를 보더라도 허투루 듣지 마세요. 뉴스에서 모르는 경제 용어가 나오면 그게 뭔지 항상 찾아보세요. 어떤 분야든 어느 정도는 알고 이해하는 수준까지 끌어올려야 합니다.

이처럼 자료는 평상시에 모아두는 것입니다. 그리고 글을 쓸 때 자료조사를 한다는 것은 좀 더 심층적으로 조사한다는 의미입니다. 정말 미안한 말이지만 작가는 24시간 작가로 살아야 합니다.

찾은 자료는 완벽하게 이해하라

좀 더 리얼한 글을 쓰고 싶다면 풍부한 자료조사는 기본

중의 기본입니다. 자료조사에서만큼은 저는 구글에 항상 감사한 마음으로 삽니다. 키워드만 치면 엄청난 양의 자료가 쏟아지니까요.

이때부터 바로 본격적인 자료수집이 시작됩니다. 가장 먼저 인터넷에서 내가 원하는 자료를 찾습니다. 인터넷은 하이퍼텍스트이기 때문에 분명히 링크가 여러 개 나옵니다. 그러면 다시 그 링크를 타고 들어갑니다. 링크에 링크를 계속 타고 자료를 모으다 보면 엄청난 페이지의 자료가 다 모이죠. 굉장히 많이 쌓인 자료를 어떻게 볼까 엄두가 나지 않습니다. 그렇지만 여러분이 작가라면 그 모든 것을 하나하나 정독하십시오. 여기서 정독이란 자료에 담긴 개념과 뜻을 완벽하게 파악하고 이해하는 것을 뜻합니다. 그래야 자료들 중에 쓸모 있는 부분이 뭔지 쓸모없는 부분은 뭔지 눈에 보이기 시작합니다. 아인슈타인이 이런 말을 했습니다.

"상대성 원리를 완벽하게 이해한다면 유치원생에게도 설명이 가능하다."

아무리 생소한 분야의 자료라 하더라도 그 자료를 활용하는 작가가 완벽하게 이해했다면 독자들에게 충분히 설명할 수 있습니다. 몇 줄 되지 않는 비유, 간단한 용어 설명으로도 독자는 충분히 이해할 수 있습니다. 반면 생소한 분야에 대해 작가가 이해하지 못했다면 독자도 절대 이해하지 못합니다. 열심히 찾은 자료를 토대로 글을 썼는데 독자가 무슨 말인지 모르겠다고 한다면 여러분도 그 자료에 대해 제대로 이해하지 못하고 있다는 뜻입니다.

여러분이 생활에서 접하는 많은 이야기와 정보 역시 완벽하게 이해하십시오. 요즘 한창 뜨는 핫이슈에 관한 뉴스가 나온다면 그 뉴스의 이면까지 확인해야 합니다. 뉴스의 겉면만 보고 있다간 절대 소설에 써먹지 못합니다. 그건 자료가 아니니까요. 완전히 이해할 때까지, 완벽하게 납득할 때까지 끝없이 조사하는 것이 여러분의 일입니다. 그것이 작가입니다.

『신의 노래』를 쓸 때 저는 뉴욕의 링컨센터나 메트로폴리탄 오페라 하우스에 가본 적이 없었기 때문에 구글에서 링컨센터의 건물 배치와 메트로폴리탄 오페라 하우스의 좌석 배치를 찾아냈습니다. 왜 좌석 배치가 중요했냐 하면, 오페라 하우스에 관객이 몇 명이나 들어가는지 알아야 글을 쓸 수 있었기 때문입니다. '주인공이 지휘를 할 때 관

객이 몇 명이었다' 혹은 '몇 명의 관객이 꽉 들어찬 오페라
하우스'라는 표현으로 말이죠.

　사실 숫자까지 자세히 써봤자 독자들은 잘 보지도 않고
설령 그 숫자가 틀렸다 해도 지적하는 독자는 없을 겁니
다. 어떤 작가는 이런 말을 하더군요. 어차피 독자도 잘 모
르니까 적당히 조사해서 아는 척할 수 있을 정도만 하면
된다고요. 물론 아주 틀린 말은 아닙니다. 그렇게 설렁설
렁 준비한 자료들은 독자가 그냥 읽고 넘기기 일쑤니까요.
그러나 디테일하게 조사한 자료들이 쌓이면 독자는 무의
식중에 생생한 현실감을 느끼게 됩니다.

자료를 그대로 붙여 넣지 마라

　간혹 열심히 조사한 내용이 너무나 아까워서 그걸 그대
로 다 복사해서 붙이듯이 쓴 작품이 있습니다. 작품의 분
량을 늘리기 위해 그렇게 하는 사람도 있죠. 하지만 그렇
게 하면 작품의 질이 급격히 떨어지고 작가의 신뢰도도 떨
어집니다. 그러니 자료조사를 허술하게 할 수는 있어도 조

사한 자료를 그대로 작품 속에 복사해서 붙이는 일은 해서는 안 됩니다. 열심히 모은 디테일한 자료를 정제해 작품 전체에 조금씩 녹여내야 합니다.

『재벌집 막내아들』은 생생한 역사적 사실을 바탕으로 쓴 작품이었습니다. 제가 작품 속 격동의 세월을 함께 살아온 연배이기 때문에 뭘 조사해야 하는지, 뭐가 중요한지를 명확히 알고 있었습니다. 그래서 자료조사의 양은 많았지만 조사 자체는 그리 어렵지 않았습니다. 자료의 첫 단추는 이미 제 머릿속에 있었고 추가하고 보강해야 할 자료들만 찾았습니다.

『재벌집 막내아들』은 25년간의 역사를 다룬 역사물과도 같기 때문에 25년간 한국과 세계에서 발생한 사건을 연도별로 조사했습니다. 주인공 진도준이 회귀하던 첫날은 1987년 6.29 선언 며칠 전입니다. 그래서 1987년부터 매년 일어났던 사건들을 전부 따로 조사했습니다. 연도별로 방송사에서 발표했던 10대 뉴스를 전부 찾았습니다. 그리고 전 세계적으로 어떤 일이 있었는지도 연도별로 다 찾았습니다.

그런 다음 조사한 내용을 복기하면서 그중에 쓸 수 있는 사건, 쓸 수 없는 사건을 분리했습니다. 그리고 쓸 수 있는 사건일 경우에는 좀 더 디테일하게 자료조사에 들어갔습니다. 그렇게 모은 자료들을 스토리 진행 상황에 맞게 적재적소에 배치해서 작품에 녹아들게 했습니다. 그런 과정을 통해 역사물과 비슷한 분위기를 낼 수 있었던 것 같습니다.

이처럼 엄청나게 모은 자료를 완벽히 이해했다면 자료를 계속해서 줄여나가야 합니다. 수십 페이지, 수백 페이지의 자료를 찾았다 하더라도 그 자료들을 단 한 줄의 대사로 옮겨 쓸 수 있어야 합니다. 최소한의 분량, 즉 엑기스만 뽑아서 작품에 써야 한다는 것이죠. 여러분이 수집한 방대한 자료를 딱 1페이지 내에 정리하십시오. 어떤 사안이든 어떤 키워드로 조사한 내용이든 분량이 수십 장이든 수백 장이든 관계없습니다. 딱 1페이지, 500자 이내로 정리하십시오. 그런 다음 그 500자를 작중 캐릭터의 대사에도 끼워 넣고, 가끔 묘사도 하고, 아주 가끔은 설명에도 적절히 끼워 써야 합니다.

현실감을 더하는 자료조사

1. 평상시 세상 모든 정보에 관심을 갖고 습득한다.

2. 찾은 자료는 정독해서 완벽하게 이해한다.

3. 자료에 대한 이해를 바탕으로 1페이지, 500자 내로 정리한다.

4. 엑기스만 뽑은 자료를 작품 속에 적절히 녹여낸다.

06

잘 모르는 분야의 이야기는
어떻게 쓸까

첫 작품인 『비따비』는 제 경험을 많이 참고해서 썼기 때문에 작품의 성공이 내 글 때문인지 아니면 내 경험 때문인지 판단이 잘 서지 않았습니다. 그래서 두 번째 작품인 『신의 노래』는 제 경험과 동떨어진 소재를 선택했습니다. 제가 원래 음악을 좋아하기도 하고, 때마침 방송에서 오디션 프로그램인 「슈퍼스타 K」를 하기에 음악을 소재로 삼았습니다.

처음 『신의 노래』를 기획했을 때는 주인공은 천재 뮤지션이고 록이나 메탈 혹은 재즈 같은 대중음악의 거장이 되는 것으로 설정했습니다. 그런데 주인공이 가장 처음 접하는 음악을 말러의 교향곡으로 설정한 뒤 작품이 예상치 못한 방향으로 흐르기 시작했습니다. 독자들이 글을 읽으면서 주인공이 당연히 클래식 분야로 진출할 거라고 믿게 된 겁니다.

당시 댓글에 가장 많이 달렸던 것이 그깟 오디션 프로그램 다 때려치우고 빨리 미국 건너가서 클래식 공부하자,

빨리 오케스트라 만나서 지휘하는 모습을 보고 싶다, 이런 내용이었습니다. 댓글을 달아준 독자가 100명 정도 되었는데 다들 일치된 의견으로 클래식을 원했습니다. 댓글을 그리 크게 신경 쓰는 편은 아니지만 독자들의 일치된 의견은 귀담아 들어야 합니다.

클래식으로 전체 방향을 튼다는 것은 정말 거대한 모험이었습니다. 사실 대부분의 독자들은 클래식에 크게 관심이 없었을지도 모릅니다. 당시 구독자 수는 7,000명이었습니다. 주인공이 클래식을 해야 한다고 주장하는 댓글을 쓴 100명 외에 6,900명이 클래식에 관심이 없다면 이 사람들은 이 소설을 계속 볼 것인가. 이 점은 매출과 수입으로 연결되는 문제였습니다. 또 평소 잘 듣지도 않는 클래식 음악을 작품으로 묘사하는 게 과연 옳은 일인가 하는 고민도 있었습니다.

고민을 하며 제가 장준혁이라는 주인공에 한번 빙의를 해봤습니다. 주인공은 한 시간이 넘는 교향곡의 모든 악기 연주를 다 외울 정도의 천재입니다. 그런 천재가 과연 기타, 베이스, 드럼, 보컬로 이루어진 비교적 단순한 음악에 만족할 수 있을 것인가. 그렇게 생각하니 결론이 나왔습니다. 글의 방향은 클래식으로 가야 한다. 그리고 앞으로 나오는 모든 공연은 생생하게 묘사하자.

자료조사만이 살 길이다

클래식으로 방향을 튼 후 문제가 생겼습니다. 주인공이 처음으로 오케스트라와 만나서 공연을 하는 장면이 있었습니다. 주인공이 포디움에 올라가서 지휘를 시작하는 장면으로 한 편이 끝이 납니다. 그다음 편은 공연이 이미 끝난 상태에서 시작하려고 했습니다. 그런데 그날 밤 달린 댓글을 보니 '내일 공연이 정말 기대된다', '내일 공연을 꼭 보고 싶다', '어떤 음악을 들려줄 것인가' 등의 내용으로 완전히 도배가 되어 있더군요. 마치 티켓을 사놓고 공연을 기다리는 팬들의 모습을 보는 듯했습니다.

그날 밤 저는 잠을 못 자고 공연 조사를 다시 시작해야 했습니다. 공연을 생생하게 묘사하고 가본 적이 없는 외국 공연장을 그려야 했기 때문에 정말 자료를 많이 뒤졌습니다. 오케스트라의 악기 구성을 정확히 알기 위해 악보를 다운받았고, 음악을 들으면서 악기가 언제 등장하는지도 확인해야 했습니다. 그래야 공연 묘사가 가능하기 때문이죠. 공연과 관련된 평론가들의 비평도 정말 많이 수집했습니다.

그렇게 모은 자료로 밤을 꼬박 새우면서 그다음 날의 공연 내용을 묘사하기 시작했습니다. 주인공의 천재성을 돋보이게 하기 위해 정말 머리를 쥐어짜며 온갖 구도를 만들었습니다. 다행히 그 선택은 틀리지 않았습니다. 많은 독자가 주인공이 진짜 천재 같다고 해주었고, 그런 평에 위안을 많이 받았습니다.

전문가의 도움을 받자

저는 해당 분야를 잘 모를 때는 그 분야의 전문가와 최소 한두 번 정도는 만나서 인터뷰를 합니다. 『비따비』는 제 경험이라서 인터뷰가 필요 없었고 『재벌집 막내아들』은 재벌가와 미팅이 불가능했기 때문에 포기했습니다. 『중원 싹쓸이』를 쓸 때 중원 무림고수는 현재 존재하지 않기 때문에 사전 인터뷰가 불가능했습니다. 하지만『네 법대로 해라』는 법조계에 몸담은 사람을 만나서 디테일한 인터뷰를 진행했습니다.

『신의 노래』에서는 도입부의 에피소드가 주인공이 오디션 프로그램에 출연하는 것이었기 때문에 당시 방송 중이던 한 오디션 프로그램의 작가를 만나 인터뷰를 했습니다. 오디션 프로그램이 어떻게 진행되는지, 어떻게 결론을 내리고 어떻게 음악을 만들어갔는지 그 과정을 상세히 들었습니다.

또 클래식 음악에 대한 정보는 클래식 마니아인 친구에게 많은 도움을 받았습니다. 그 친구는 클래식 관련 다큐멘터리와 각 음악가의 평론집까지 보고, 거의 클래식 사전 수준으로 아는 게 많아서 필요할 때마다 전화해서 자세하게 묻고는 했습니다.

세상에 없는 것을 만들어내는 힘

『신의 노래』는 '음악가는 천재'라는 대중의 인식을 극대화한 작품입니다. 천재가 아닌 제가 천재를 그려야 하니, 정말 힘들게 썼습니다. 가장 힘들었던 것은 베토벤의 합창 교향곡에 비견되는 '합창 협주곡'이라는, 전혀 존재하지도 않는 음악을 만들어내야 했던 것입니다. 사실 이 때문에 합창 교향곡을 하루 종일 들으면서 글을 썼습니다. 정말 200~300번 정도 들은 거 같습니다. 합창 교향곡이 진정한 걸작인 게, 지금 들어도 여전히 좋습니다. 하지만 당시에는 머릿속에 그 음악이 계속 들리는 환청 같은 것이 생겼고, 자려고 누우면 합창 교향곡 선율이 저절로 떠오를 정도였습니다.

고생을 많이 한 작품이지만 쓰고 나서 굉장히 많은 보람도 느낀 작품입니다. 만약 실패했다면 솔직히 후회했을지도 모르겠지만 성공을 거뒀기 때문에 옳은 선택을 했다고 믿고 있습니다. 돌이켜보면 이 작품의 장점은 음악에 대한 많은 정보를 전달하고 주인공의 천재성을 돋보이게 한 점인 것 같습니다. 이 작품을 읽고 클래식을 듣게 됐다는 쪽지를 받았을 때 정말 뿌듯했습니다.

무엇보다 이 작품을 통해 클래식같이 생소한 분야도 잘만 쓰면 독자들의 호응을 끌어낼 수 있다는 것을 배웠습니다. 생소한 분야의 이야기를 잘 쓰기 위해서는 전문가를 만나든 혼자 조사를 하든 최대한 자료를 모으고 공부해야 합니다. 그렇게 하면 어떤 분야의 이야기도 써낼 수 있을 것입니다.

생소한 분야의 이야기를 쓰는 법

1. 최대한 정보를 모으고 자료조사를 한다.
2. 그 분야의 전문가를 만나 정보를 획득한다.
3. 열의를 갖고 그 분야를 공부한다.

07

프롤로그는
작품의 첫인상이다

프롤로그는 여러분의 작품과 독자가 만나는 첫날이며 첫인상입니다. 먼저 『비따비』의 프롤로그를 보면서 제가 프롤로그를 어떻게 활용했는지 보여드리겠습니다.

회귀回歸?

벼랑에서 떨어진다든지, 교통사고를 당한다든지, 전기 감전을 당해 뒈졌는데 눈떠보니 과거로 돌아간 것을 말하는 겁니까?

눈떠보니 초등학생이거나 아니면 중학생? 심지어 아주 갓난 아기가 돼버렸다는 겁니까?

그래서 뭐요?

어쩔 건데요?

미래를 다 알고 있으니 인생 완전히 대박이야. 게임 오버! 앗싸!

뭐 이렇게 생각해요? 웃기고 자빠졌군요.

미래를 알고 있어도 '노력'을 처음부터 다시 하지 않으면 전부 허탕이란 걸 아직 모른다는 말입니까?

솔직히 지금 자신의 모습에 불만을 품고, 신세 한탄만 하며 하루하루 사는 분들, 한번 말씀해보시죠.

진짜 '미래'를 몰랐습니까? 정말?

다 알고 있었을 텐데요? 부모가, 선생이 그렇게 입이 닳도록 알려준 미래잖습니까?

열심히 공부해서 일류대를 가지 않으면 인생 별 볼 일 없다는 확실한 미래의 정보를 들어본 적 없어요?

'사'자 붙은 직업을 가지면 돈도 잘 벌고, 미녀들이 줄줄이 들러붙는다는 걸 모르지는 않았을 텐데요?

뭘 하든 열심히 최선을 다해야 한다고 알려주지 않았나요?

다 알고 있었죠!

그런데도 공부 안 하고 쳐놀았던 거잖습니까?

피시방에서 게임이나 하고, 고만고만한 멍청한 놈들과 어울려 쏘다니면서 헛짓거리나 한 거, 기억 안 나십니까?

여러분들이 다시 옛날로 돌아가면 공부 졸라 열심히 해서 일류대 갈 것 같죠?

계속, 여전히 웃기고 자빠졌군요.

더 놀게 됩니다. 왜? 이미 다 아는 거니까. 구구단도 다 알고, 영어 단어도 다 알고, 원자, 분자의 개념도 아니까 천재 같아

보이겠죠.

그런데 말입니다. 이게 딱 초등학교 때까지만 통해요.

중학교 들어가면 방정식, 도형, 통계, 한국사를 배우기 시작해요. 영어 단어도 어려워지기 시작하고, 도덕, 사회 과목에서는 인권과 민주주의, 정치의 형태, 문화의 다양성 같은 용어가 막 튀어나오면서 머리 아파집니다.

(중략)

자, 그럼 어떻게 해야 할까?

모두 다 적어둬.

6, 30, 38, 39, 40, 43.

이걸 꼭 외우고 있어. 그럼 노력 따위는 안 해도 인생 한 방이야. 물론 인생 한 방 역전하려면 회귀, 즉 다시 태어나야 하지만. 아 참, 2004년으로 돌아간다면 저 번호 쓸모없다는 건 알아두고.

그래도 현재의 인생 역전보다 회귀하는 게 더 쉽지 않겠어? 확률적으로 말이야.

『비따비』를 쓰던 당시 많은 작품이 회귀를 다뤘습니다. 회귀한다는 것은 미래를 알고 있다는 뜻이죠. 그래서 주인공이 미래에 알고 있던 지식을 이용해 큰 성공을 거둔다는 내용들이었습니다. 저는 프롤로그에서 이 부분을 역으로 이용했습니다. 가장 먼저 회귀라는 단어를 꺼내고, 회귀라는 개념이 어떤 형식으로 기존 작품들에 쓰였는지 썼습니다. 벼랑에서 떨어지거나 교통사고, 전기 감전으로 죽었는데 눈을 떠보니 중학생 혹은 초등학생으로 돌아갔다는 이야기들이죠. 이 대목에서 저는 독자들을 도발했습니다. '과연 회귀한다고 해서 모두가 성공할 것인가'라는 질문을 던졌습니다. 미래를 알고 있어도 노력을 하지 않으면 알고 있는 미래는 전부 '허탕'이라고 말했죠.

　우리 중 미래를 아는 사람은 아무도 없습니다. 하지만 우리의 미래를 알고 있는 사람들이 우리에게 미래를 알려준 적이 있습니다. 그 사람들은 바로 부모님과 선생님이죠. 이들은 입이 닳도록 우리의 미래를 알려줬습니다. 열심히 공부하지 않으면, 일류대에 가지 않으면 성공하기 힘들다는 미래의 정보를 우리에게 이미 알려줬습니다. 이렇게 알려줘도 우리는 미래의 정보를 써먹지 않았던 거죠. 공부는 안 하고 게임만 하고, 친구들과 어울려 다니며 놀았습니다.

그런 다음 '여러분이 과거로 돌아가면 정말 열심히 공부할 것 같습니까?'라는 또 한 번의 도발을 했습니다. 우리가 과거로 회귀하더라도 노력하지 않으면 두 번째 인생도 성공할 수 없습니다. 그렇다면 우리가 알아야 할 것은 딱 하나입니다. 바로 로또 번호죠. 제가 프롤로그에 적은 로또 번호는 역대 사상 최대 당첨금이었던 400억짜리 로또 번호입니다. 그러면서 마지막으로 한 번 더 독자들을 긁었습니다. 인생을 역전시키는 것보다 회귀하는 게 더 쉬워 보인다고 이야기했죠. 독자들을 도발한 것은 꽤 먹혔습니다. 연재하자마자 독자들의 반응이 폭발적이었고, 이 작품은 아주 성공적으로 유료화되었습니다.

프롤로그가 필수는 아니다

그런데 프롤로그가 꼭 필요한 것은 아닙니다. 『신의 노래』의 프롤로그를 예로 들어보겠습니다.

인간은 DNA의 단 5%만 밖으로 드러난다고 한다. 그 5%만으로 '나'를 결정하는 것이다. 숨어 있는 95%에는 어떤 것이 있는지 누구도 알 수 없다.

즉 부모에게 100개의 구슬을 물려받지만 그중 쓸 수 있는 것은 5개가 전부다. 부모도 어떤 구슬을 물려주었는지 모르지만, 더 큰 문제는 내가 쓸 수 있는 5개의 구슬을 선택할 수 없는 것이다. 눈을 가린 채 5개를 골라야 한다.

이 선택에 행운이 깃든 자라면 잘생긴 얼굴, 뛰어난 두뇌, 엄청난 육체 중 하나를 골라 인생의 무기로 쓸 수 있지만 좋은 것은 다 피하고 나쁜 것만 고르는 불행한 자도 있다.

당신은 어떤 구슬을 선택했습니까?

이 작품은 천재를 다루는 내용인데, 아무래도 천재는 타고나는 것이라 해서 DNA에 관한 내용을 적었습니다. 5%, 95%, 100개의 구슬 등을 적고 음악 천재가 가지고 있는 절대음감에 대해 썼습니다.

그런데 지금 생각해보면 『신의 노래』는 프롤로그가 필요 없었습니다. 이미 1화에서 주인공이 음악천재 절대음감의 소유자라는 걸 누구나 다 알았으니까요. 특히 DNA 부분은 완전히 마이너스였습니다. 사실 이 내용은 인터넷에서 본 건데, 평범한 부모 밑에서 어떻게 천재가 나오는지 완벽히 설명하고 있었습니다. 보면서 무릎을 탁 쳤죠. 그런데 저 혼자 재미있었던 것을 독자들도 재미있어할 거라고 착각한 것이었습니다. 지식을 설명하는 내용이든 뭐든 작가가 재미있다고 확신하는 것만큼 무서운 것은 없습니다.

프롤로그가 작품을 망쳤다는 것이 성적으로 여실히 드러났습니다. 20화를 쓸 때까지 화당 조회수가 200 정도밖에 안 나왔거든요. 잘난 척한다고 썼던 DNA 이야기가 바로 독자들의 진입장벽이었습니다. 겨우 진입장벽을 뚫고 본편을 본 사람들은 재미있어했죠. 주인공이 버려지고 고아원에 들어가서 천재라는 게 증명되고, 다른 집에 입양됐다가 길을 잃고 다시 고아가 되는, 그야말로 다이내믹한 1화가 진행됐기 때문입니다. 2화 역시 전개가 빨랐습니다. 2화에서 곧바로 음악적 재능을 누군가 발견하고 승승장구하기 시작합니다. 진입장벽을 넘은 독자들이 여러 커뮤니티에 『신의 노래』가 재미있다는 추천 글을 써주었습니다. 그러자 조회수 200이 바로 2,000이 되고, 금세 10,000을 찍었습니다. 그래서 성공적으로 유료화될 수 있었죠.

이처럼 프롤로그가 꼭 필요하다고 생각해도 독자에게는 진입장벽이 될 수도 있습니다. 프롤로그로 시작하든 1화로 시작하든 하나만 지킵시다. 독자도 공감할 수 있는 내용으로 시작하고 최소한 5화까지 흥미를 잃지 않도록 해야 합니다. 여러분 머릿속에 있는 재미있는 소재, 톡톡 튀는 아이디어를 나중에 쓸 것이라고 절대 아껴두지 마십시오. 재미있는 내용을 1화부터 5화까지 초반에 완전히 쏟아부어야 합니다. 그리고 스토리도 속도감 있게 휙휙 전개되어야 합니다. 그래야 1화부터 5화까지 독자가 떨어져나가지 않습니다.

프롤로그는 양날의 검입니다. 프롤로그는 잘 썼을 때는 다음 1화로 넘어가는 원동력이 되지만 조금이라도 삐끗하면 진입장벽을 스스로 쌓는 꼴이 됩니다. 그렇기 때문에 프롤로그를 쓸지 말지 신중하게 생각하십시오. 단지 작가 자신의 재미를 위해, '내 머릿속에 든 것이 너무나 훌륭하기 때문에 난 이것을 꼭 써야 해' 하는 생각 때문에 프롤로그를 쓰면 독자들은 쳐다보지 않습니다. 프롤로그를 쓸 때는 아주 흥미롭고 누구나 공감할 만큼 재미있어야 합니다. 명심하십시오.

프롤로그를 쓸지 말지 결정하는 네 가지 기준

만약 프롤로그를 쓸지 말지 고민이라면 다음 네 가지 기준으로 생각해보십시오.

1. 프롤로그와 1화가 연결된 내용인가
   프롤로그와 1화의 내용이 연결되는 것이라면 프롤로그를 없애고 그냥 1화를 쓰십시오.

2. 프롤로그가 없어도 1화를 이해하는 데 지장이 없는가
   프롤로그가 없더라도 1화의 내용을 이해하는 데 문제가 없다면 역시 프롤로그를 생략하십시오. 「스타워즈」를 한번 생각해봅시다. 'A long time ago in a galaxy far far away(오래전 멀고 먼 은하계에서)'라고 프롤로그가 나옵니다. 이 이야기는 먼 우주에서 일어나는 이야기라는 것을 설명하면서 이해를 돕고 있습니다.

3. 프롤로그가 아주 나중에 나올 에피소드나 엔딩의 떡밥인가

프롤로그가 아주 나중에 나올 떡밥일 경우 이 떡밥은 나중에 뿌려야 합니다. 독자들은 프롤로그에 나왔던 떡밥을 곧 해소하기를 원합니다. 1화에 나왔던 떡밥이 100화에 회수된다면 아무도 그 1화에 나왔던 떡밥을 기억하지 못합니다.

4. 프롤로그가 전체 세계관을 설명하는 것인가

그 세계관이 독자들에게 익숙한 세계관이라면 어차피 쓸 필요가 없습니다. 아주 새롭고 독특한 세계관이라면 프롤로그 한두 페이지에 그 세계관을 설명한다는 게 가능한 일일까요? 사실 그 정도로 새롭고 독특한 세계관이라면 스토리를 풀면서 서서히 보여줘야 합니다.

프롤로그는 작품의 힌트나 세계관을 설명하는 용도가 아닙니다. 떡밥을 뿌리는 장소도 아니죠. 프롤로그는 1화와 같습니다. 비록 한두 페이지밖에 안 되는 아주 짧은 내용이라 할지라도 말입니다. 사실 한두 페이지의 짧은 글은 정말 잘 써야 독자들의 흥미를 끌 수 있습니다. 그러니 프롤로그에 너무 얽매이지 말고 그냥 1화를 굉장히 잘 쓴다고 생각하십시오. 길이가 짧다면 프롤로그가 될 것이고, 길다면 본편 1화가 될 것입니다.

에필로그는 작가의 스타일에 달려 있다

그럼 에필로그는 어떨까요? 에필로그는 '그들은 행복하게 살았다'라고 끝나는 이야기에서 그 뒷이야기를 독자들에게 좀 더 들려주는 겁니다. 사실 에필로그를 쓸지, 쓴다면 얼마나 길게 쓸지 하는 부분은 작가의 스타일에 따라서 굉장히 달라집니다.

저는 에필로그를 쓰지 않습니다. 주인공이 열심히 달려와서 마지막 결승점을 끊는 순간 제 이야기는 끝이 납니다. 1등 한 선수가 대기실에서 뭘 했는지, 귀국해서 국민들에게 열화와 같은 성원을 얻었다든지, 이런 내용은 쓰지 않습니다. 그냥 마지막 화로 끝을 냅니다.

에필로그는 독자들에게는 호불호가 갈립니다. 에필로그가 없으면 깔끔하게 끝나서 좋다는 독자들도 있고 뒷이야기를 궁금해하는 독자들도 있습니다. 그러나 독자에 맞추는 게 아니라 작가 스스로가 판단해야 합니다. 잘 썼다, 못 썼다가 아니라 내 스타일상 뒷이야기를 재미있게 들려줄 자신이 있다면 에필로그를 길게 쓰십시오. 독자들은 굉장한 만족감을 느낄 겁니다. 반면 잘 먹고 잘사는 이야기, 성공한 뒤의 후일담을 재미있게 쓸 자신이 없는 저 같은 분들은 에필로그를 쓰지 말고 결승점에서 화려한 엔딩으로 끝내는 게 좋습니다.

프롤로그/에필로그를 어떻게 쓸 것인가

1. 잘 쓴 프롤로그는 원동력이 되지만 잘 쓰지 못한 프롤로그는 진입 장벽이 된다.

2. 프롤로그를 쓸지 여부는 네 가지 기준에 따라 판단한다.

  ① 프롤로그와 1화가 연결된 내용인가.

  ② 프롤로그가 없더라도 1화를 이해하는 데 지장이 없는가.

  ③ 프롤로그가 아주 나중에 나올 에피소드나 엔딩의 떡밥인가.

  ④ 프롤로그가 전체 세계관을 설명하는 것인가.

3. 프롤로그를 쓰든 안 쓰든 초반 5화에 재미 요소를 몰아넣는다.

4. 에필로그는 뒷이야기를 재미있게 들려줄 자신이 있다면 쓴다.

08

가독성을 높이려면
좋은 문장을 써라

웹소설에서 흔히 말하는 공식이 있습니다. 가독성을 높이려면 단문과 줄바꾸기가 필수라고요.

먼저 단문에 대해 알아보겠습니다. '웹소설 독자들은 긴 문장을 읽기 힘들어한다'는 말이 있습니다. 이런 말은 어디서 나온 것일까요?

우리는 세종대왕님 덕분에 가장 정교한 문자를 쓰고 있습니다. 긴 문장의 글이 가독성이 떨어지고 불편할 이유가 없습니다. 다만 긴 문장에 모르는 단어 혹은 뜻이 애매한 단어들이 범벅되어 있으면 읽기가 굉장히 불편합니다. 대표적으로 법원의 판결문들이 그렇습니다. 법원의 판결문도 아닌데 장문은 가독성이 떨어진다는 건 무슨 의미일까요? 혹시 이런 게 아닐까요?

'긴 문장이 연속으로 나오면 읽기 불편하다.'

여러분은 어떻게 생각하십니까?

필요하다면 장문을 쓰는 걸 두려워하지 말자

작가는 일부러 노력하지 않는 한 여러 문장을 억지로 붙여 긴 문장을 쓰지는 않습니다. 자연스럽게 단문과 중문을 쓰기 마련입니다. 글이란 말을 옮겨 적은 것이고, 긴 문장을 연속으로 말하는 사람은 별로 없습니다. 그러니까 자연스럽게 단문과 중문으로 글을 쓰되, 필요하다면 장문을 쓰는 것도 겁먹지 말고 언제든 쓰면 됩니다. 이것이 제가 생각하는 가독성의 규칙입니다.

장문과 단문의 예를 들어보겠습니다.

아델 로리 블루 애드킨스Adele Laurie Blue Adkins라는 다소 긴 이름을 가진 여자아이가 영국 런던 북부에 위치한 토트넘의 한부모 가정에서 태어난 1988년 5월 5일, 진양철 회장은 모든 핏줄과 수행원들에게 둘러싸여 아직 개장하지도 않은 서울랜드로 소풍을 갔다.

『재벌집 막내아들』의 한 부분입니다. 이 문장은 다음과 같이 바꿀 수 있습니다.

아델 로리 블루 애드킨스Adele Laurie Blue Adkins라는 다소 긴 이름을 가진 여자아이가 태어났다. 그녀가 태어난 곳은 영국 런던 북부에 위치한 토트넘이다. 그리고 그녀는 한 가정 부모를 뒀다. 그녀가 태어난 1988년 5월 5일, 진양철 회장과 그의 가족 모두는 수행원들에게 둘러싸여 서울랜드로 소풍을 갔다. 그때 서울랜드는 아직 개장 전이었다.

두 문장을 읽을 때 가독성의 차이를 느끼십니까? 저는 좀 느낍니다. 한 문장으로 된 장문이 가독성이 떨어진다고 할 만큼 이상하지는 않지만 아무래도 단문으로 이루어진 아래 글이 좀 더 읽기 편합니다.

그런데 다섯 문장으로 이루어진 두 번째 글에는 문제가 있습니다. 처음 세 문장이 왜 갑자기 나타났는지 뜬금없기 때문입니다. 아델을 아무리 좋아한다 해도 이 문장은 불필요한 문장이 됩니다. 즉 앞의 세 문장은 그대로 삭제해도 됩니다. 그러면 이 문단을 하나의 단문으로 써볼까요.

1988년 5월 5일, 진양철 회장 가족은 수행원들에게 둘러싸여 아직 개장 전인 서울랜드로 소풍을 갔다.

이렇게 한 문장으로 줄일 수 있습니다. 그런데 많이 건조하게 느껴지죠? 그래서 좀 더 풍성한 느낌을 주기 위해 위의 세 문장을 한 문장으로 합친 겁니다. 또한 1988년 5월 5일이 뭔가 특별한 날로 보이도록 영국 팝가수 아델을 끌고 들어온 것입니다.

예를 하나 더 들어보겠습니다.

라면의 대명사 삼양식품이 공업용 소기름으로 면을 튀겼다는 익명의 투서가 검찰에 날아들면서 시작된 대한민국 라면 시장 사상 최대의 사건. 소위 '공업용 우지' 사건이 터지던 1989년 11월 3일. 오세현과 우리 가족은 뉴욕행 비행기의 퍼스트 클래스에 몸을 실었다.

이 긴 문장도 마찬가지로 아주 간단하게 한 문장으로 만들 수 있습니다.

1989년 11월 3일 오세현과 우리 가족은 뉴욕행 비행기의 퍼스트 클래스에 몸을 실었다.

'라면의 대명사 삼양식품'부터 '1989년 11월 3일'로 끝나는 굉장히 긴 수식은 필요도 없는데 왜 갖다 붙였을까요? 아까 '아델'의 경우는 1988년 5월 5일을 뭔가 특별한 날로 보이도록 만들기 위한 수단이었습니다. 이번에 삼양식품 문제를 끌고 들어온 것은 마치 현대사를 보는 듯한 느낌을 받을 수 있도록 문장을 꾸며주기 위해서입니다. 역사적 사실을 문장에 슬쩍 끼워 넣음으로써 그런 효과를 볼 수 있는 것입니다. 이처럼 문장이 길어질 수밖에 없는 이유가 있다면 장문을 피할 필요는 없습니다.

이번에는 다른 문장을 보면서 중복된 내용을 줄여보겠습니다.

덜컹거리며 나가던 수레가 갑자기 멈췄다. 수레가 멈추자 칼을 뽑은 무인들이 순식간에 나를 포위하며 칼을 겨누고 있었다.

어떤 작품 중 일부분입니다. 여기서 수레가 멈추었다는 내용은 중복됐죠. 그래서 단순히 중복만 없애면 이렇게 됩니다.

덜컹거리며 나가던 수레가 갑자기 멈추자, 칼을 뽑은 무인들이 순식간에 나를 포위하며 칼을 겨누고 있었다.

조금 이상하죠? 한 번 더 수정하겠습니다. 여기서 칼을 뽑았으니 겨누는 것은 굉장히 당연한 일입니다. 즉 행동의 중복이죠. 조금 전에는 문장이 중복되었고 이번에는 행동이 중복되었습니다.

덜컹거리며 나가던 수레가 갑자기 멈추자, 칼을 뽑은 무인들이 순식간에 나를 포위했다.

또는

덜컹거리며 나가던 수레가 갑자기 멈추자, 무인들이 칼을 겨누며 순식간에 나를 포위했다.

이렇게 고쳐 쓸 수 있습니다. 여기서 좀 더 줄일 수도 있습니다. 수레가 굴러갈 때는 당연히 덜컹거리겠죠. 그러니 덜컹거린다는 말도 없애보겠습니다.

갑자기 수레가 멈추자, 무인들이 칼을 겨누며 나를 포위했다.

이처럼 굉장히 짧은 한 문장으로 쓸 수 있습니다. 이것이 바로 퇴고의 과정입니다. 퇴고를 거치면 거칠수록 문장은 짧아지게 되어 있습니다. 그러니까 가독성을 위해 단문을 쓰는 게 아니라 좋은 문장으로 가다듬을수록 단문이 된다는 것입니다. 그러니까 일부러 단문을 고집하지 말고 자연스럽게 쓰세요. 그런 다음 퇴고의 과정을 거치면서 문장을 보기 좋게 다듬으면 됩니다.

좋은 문장이란 가독성이 좋은 문장입니다. 이것을 거꾸로 말하면 가독성이 좋은 문장이란 곧 좋은 문장을 뜻합니다.

잦은 줄바꾸기가 가독성을 높이는 것은 아니다

웹소설에서 가독성을 높이는 또 다른 공식으로 통용되는 것이 한 문장마다 줄바꾸기를 해야 한다는 것입니다. 좀 그럴싸하게 들립니다. 줄바꾸기를 자주 하면 모바일로 볼 때 눈이 좀 더 편하기 때문이죠. 하지만 한 문장마다 줄바꾸기를 할 만큼 모바일 스크린이 불편한 기기일까요. 그럼 언론기사, 블로그, 커뮤니티 사이트에 있는 글은 어떻게 읽을 수가 있을까요. 휴대전화를 만드는 기업들이 글자도 못 읽을 만큼 해상도를 엉망으로 만들었을까요.

저는 이 공식에 동의할 수가 없습니다. 웹소설은 10대 중반부터 50대 이상까지 즐기는 콘텐츠입니다. 물론 슬프게도 저 같은 중년은 노안이 와서 모바일로 볼 때 좀 힘들기도 합니다. 하지만 그것은 독자의 건강 문제일 뿐 문장 탓을 할 수는 없는 일입니다.

사실 한 문장마다 줄을 바꾼다는 것은 그 어떤 작법서에도 나와 있지 않습니다. 줄을 바꾼다는 것은 쉴 틈을 주는 겁니다. 쉼표도 마찬가지죠. 또한 단락이라는 덩어리를 구성하는 하나의 방법입니다.

고전을 보면 하나의 단락이 한 페이지가 넘는 무지막지한 작품도 있습니다. 그런 부분은 쉼 없이 단숨에 읽어야 한다는 뜻이며, 독자들이 단숨에 읽도록 작가가 설정한 것입니다. 또 어떨 때는 한 문장만 딱 쓰고 줄바꾸기를 할 때도 있습니다. 글을 읽을 때 리듬감을 살려 가독성을 높이는 방법이죠.

그런데 언제 엔터를 쳐서 줄바꾸기를 해야 할지 초보 작가라면 조금 애매하게 느낄 수 있습니다. 글을 읽는 템포와 문장의 중요도를 생각하면서 줄바꾸기를 하십시오. 여러 문장을 잇달아 연결한 단락도 있지만 단 한 문장으로 된 단락도 있을 수 있습니다. 문맥의 흐름상 그 한 문장이 한 단락이 될 만큼 중요하다는 뜻이죠. 중요한 문장, 작가가 강조하고자 하는 문장은 하나의 단락으로 생각해서 꼭 줄바꾸기를 해야 합니다. 그 외에는 문장마다 줄바꾸기를 할 필요가 없습니다.

다시 말하지만 가독성은 문장의 길이와 줄바꾸기를 통한 여백만으로 만들어내는 것이 아닙니다. 자연스럽게 이어지는 문장, 비문 없고 올바른 조사를 사용한 문장이 바로 가독성의 원천입니다.

아는 단어도 다시 보자

가독성을 높이기 위해서는 또한 정확한 단어를 사용하

는 것이 중요합니다. 글을 쓸 때 항상 사전을 곁에 두십시오. 요즘은 인터넷으로 사전을 찾아보니 휴대전화만 있어도 됩니다. 사전을 찾아보면 단어의 정확한 뜻뿐 아니라 유의어도 나오고 메모까지 나옵니다. 얼마나 좋습니까?

작가는 읽는 사람이 아니라 쓰는 사람입니다. 그러니까 모르는 단어는 애초에 쓸 수가 없습니다. 어쩌면 사전이 필요 없어야 진짜 작가입니다. 그런데 왜 사전이 필요할까요? 많은 분이 분명히 잘 쓰는 단어이니 뜻을 잘 안다고 생각하면서 글을 씁니다. 그런데 내가 잘 안다고 생각하는 단어의 실제 뜻은 조금 뉘앙스가 다를 수도 있습니다. 특히 뜻을 어렴풋이 아는 단어라면 꼭 사전을 찾아서 정확한 뜻을 알고 써야 합니다.

예를 하나 들겠습니다. 제가 찾은 단어인데요. '부나방'이라는 단어입니다. 보통 불을 향해 달려드는 것처럼 어리석은 존재를 부나방에 비유하곤 하죠. 그런데 불을 향해 달려드는 나방이니까 '불나방'이란 단어도 쓰지 않나 하는 생각이 들었습니다. 그래서 사전을 찾아봤더니 부나방의 어원은 '불'과 '나방'을 합친 것이라고 합니다. 표준어 규정에 이렇게 나와 있습니다.

'부나방과 불나방은 모두 널리 쓰이므로 둘 다 표준어로 삼는다.'

둘 다 같은 뜻인 겁니다. 너무 허무해서 괜한 짓을 했다 싶었는데 더 찾아보니 이런 말도 나옵니다. 부나방의 예문입니다.

'부나방 떼가 불빛을 찾아 포닥거렸다.'

'포닥거렸다'라는 단어가 새로 나왔습니다. 찾아보니 '작은 새가 날개를 잇달아 조금 가볍고 빠르게 치는 소리가 나다'라는 뜻입니다. 동사죠. '포닥거리다'의 큰말은 '푸덕거리다'입니다. '푸덕거리다'라는 말은 좀 자주 쓰는 거 같습니다. 그러니까 '포닥'과 '푸덕'은 소리를 나타내는 말입니다. 그런데 이 두 단어를 써서 다음과 같이 표현한 글이 있다고 해봅시다.

덫에 걸린 새가 날개를 푸덕거리며 안간힘을 썼다.
덫에 걸린 새가 푸덕거리는 소리를 내며 안간힘을 썼다.

이 두 문장은 틀렸습니다. 왜냐하면 '푸덕'은 '날개'와 '소리'라는 뜻을 포함하고 있습니다. 그러니 첫 문장의 '날

개'라는 단어와 두 번째 문장의 '소리'라는 단어는 '푸덕'과 동어반복이 되는 거죠. 올바른 표현은 '덫에 걸린 새가 푸덕거리며 안간힘을 썼다'입니다.

이렇듯 작가가 알고 있다고 믿는 단어라 하더라도 정확한 뜻을 찾아보면 다를 수 있습니다. 그러니 꼭 확인합시다. 그러다 보면 새로운 것도 발견할 수 있습니다. 작가에게는 사전이 필수입니다.

요약하자면, 글을 쓸 때 단문, 중문, 장문에 구애받을 필요는 없습니다. 여러분이 표현하면서 강조하고 싶은 부분, 쉼 없이 읽어야 하는 부분 등에서 엔터를 쳐 줄바꾸기를 합시다. 그리고 단어 하나하나 정확한 뜻을 파악한 다음 소설에 사용합시다. 이 모든 것이 합쳐져야 좋은 문장이 되고 가독성이 높아지는 것입니다.

가독성을 높이는 방법

1. 단문과 중문으로 쓰되, 필요하다면 장문도 쓴다.
2. 퇴고를 거치면서 긴 문장을 다듬는다.

3. 줄바꾸기는 문장의 리듬과 중요도를 생각하며 한다.

4. 사전을 곁에 두고 단어의 정확한 뜻을 항상 확인한다.

5. 가독성은 여백이 아니라 좋은 문장이 만든다.

59

이야기를 서술하는
네 가지 시점

시점이란 소설에서 작가가 이야기를 서술하는 관점을 말합니다. 시점은 총 네 가지로 나눌 수 있습니다. 1인칭 관찰자 시점, 1인칭 주인공 시점, 3인칭 관찰자 시점 그리고 전지적 작가 시점입니다. 대부분의 웹소설은 1인칭 주인공 시점이나 전지적 작가 시점을 사용합니다. 그렇지만 다른 시점도 얼마든지 사용할 수 있습니다. 지금부터 각 시점의 특성을 알아보겠습니다.

1인칭 관찰자 시점 vs 1인칭 주인공 시점

1인칭 관찰자 시점이란 실제 주인공 외에 내레이션을 맡은 화자이자 관찰자가 따로 있는 이야기입니다. 화자의 입장에서 모든 스토리를 천천히, 그리고 잔잔하게 설명하는 방식으로, 독립영화나 다큐멘터리에서 자주 볼 수 있는 시점입니다. 웹소설에도 이런 시점을 사용하는 작품이 있긴 합니다만 그다지 많이 사용하지는 않습니다.

1인칭 주인공 시점은 관찰자 시점과 달리 주인공 자신이 화자가 되는 것입니다. 웹소설에서 1인칭이라고 하면 주로 1인칭 주인공 시점을 뜻합니다. '나'라는 주인공의 시점으로 전체 이야기를 풀어가는 거죠. '나'라는 단어는 굉장한 힘을 가집니다. 독자에게 작중 주인공과의 일체감을 선사하기 때문이죠. 또한 순간순간 주인공의 심리를 자유로운 표현으로 디테일하게 묘사할 수 있습니다. 1인칭 주인공 시점의 예문입니다.

친구가 말했다.

"난 더 이상 실수하지 않을 거다."

진짜? 과연 가능할까?

이런 식으로 주인공이 머릿속으로 생각하는 것을 마음대로 써도 되죠. "그동안 실수가 너무 많았어. 이제 바로잡아야지"라는 친구의 말을 듣고 주인공이 생각합니다.

그걸 이제 알았냐? 병신아! 바로잡기에는 너무 늦었다는 걸 몰라?

이처럼 주인공이 마음속에 품은 말까지 쓸 수 있습니다.

하지만 이런 말을 꺼내지는 않았다.

이것은 서술이죠. 심리, 서술, 대사를 마음대로 쓸 수 있는 게 바로 1인칭 주인공 시점입니다.

"그래. 넌 잘할 수 있을 거야."
이 정도가 내가 할 수 있는 말의 전부다.

여기서 주인공이 한 말은 "그래. 넌 잘할 수 있을 거야"라는 한 문장이 전부입니다. 하지만 주인공의 마음속에 있는 모든 것이 글로 표현되었기 때문에 굉장히 많은 표현을 했다고 느끼게 해줍니다.

이 시점의 단점이 있다면 '나' 외에 다른 인물의 심리를 묘사하기 어렵다는 점입니다. "이제 바로잡아야지"라고 말한 친구의 심리는 알 수가 없죠. 주인공 시점으로만 봐야 하기 때문에 상대의 심리는 추측만으로 표현해야 합니다. '친구는 절망한 듯 보였다. 절망한 게 틀림없다. 절망했을 것이다.' 하는 식으로 말이죠.

만약 '친구는 절망했다'라고 쓴다면 그 순간 읽는 독자는 당황스럽습니다. 분명히 1인칭 주인공 시점의 글이었고 독자는 1인칭 시점으로 따라가고 있었는데, 갑자기 '친구는 절망했다'라는 전지적 작가 시점이 등장했기 때문입니다. 추측이 아니라 기정사실화한 이 한 문장 때문에 시점이 순식간에 변해버렸습니다. 물론 뜻을 이해하고 읽어내는 데는 전혀 문제가 없기 때문에 어쩌다 한두 번은 괜찮을지 모르지만 이런 것이 쌓이다 보면 독자는 '이상하게 이 작품은 술술 읽히지 않아'라고 느끼게 됩니다. 술술 읽히지 않는다는 느낌은 갑작스런 시점 변화, 조사의 미묘한 차이 등이 원인이라는 점을 명심해야 합니다.

3인칭 관찰자 시점 vs 전지적 작가 시점

다음으로 알아볼 시점은 3인칭 관찰자 시점입니다. 이

시점으로 이야기를 풀어갈 수 있다는 건 상당한 내공의 작가라는 뜻입니다. 화자가 오로지 관찰자 역할만 하기 때문이죠. 그래서 배경과 등장인물의 대사나 행동을 표현하는 데는 문제가 없지만 등장인물들의 심리묘사는 절대 하지 않습니다. 독자는 등장인물들의 대사와 행동으로 심리 상태를 짐작할 뿐입니다. 그렇기 때문에 이 시점을 사용하면 굉장한 글맛을 줍니다. 독자가 상상하고 추측할 여지가 많으니 작품 속에 개입할 수 있습니다. 등장인물들의 심리를 항상 상상하면서 글을 읽게 되죠. 하지만 어설픈 글은 건조하고 밋밋해지기 쉽습니다. 독자가 등장인물의 심리를 짐작할 만큼 제대로 묘사를 못하는 경우죠.

글에 자신이 있다면 3인칭 관찰자 시점에 한번 도전해 보십시오. 굉장한 작품이 나올 수도 있습니다. 관찰자 시점으로 모든 등장인물의 속마음이 드러나도록 표현하는 겁니다.

제한이 많은 3인칭 관찰자 시점에 비해 전지적 작가 시점은 마음껏 쓸 수 있다는 장점이 있습니다. 전지적 작가 시점은 작가가 마치 신이 된 것처럼 등장인물들의 머릿속 생각까지 알고 있는 것입니다. 등장인물 누구든 그의 심리나 몸 상태에 대해 아무런 구애를 받지 않고 쓸 수 있는 거죠. 시점의 전환을 자유자재로 구사하는 게 어렵다면 이 방법을 쓰는 게 가장 편합니다. 그런데 작가 입장에서는 전지적 시점이지만 독자는 완벽하게 관찰자 시점에 있다는 것을 인지해야 합니다. 등장인물의 심리 상태를 작가가 독자에게 설명하니까요.

자유로운 시점 전환은 글에 다이내믹을 더한다

이제 시점을 자유자재로 바꾸는 법을 설명하겠습니다. 1인칭 관찰자 시점이든 전지적 작가 시점이든 관계없습니다. 시점의 변화를 카메라를 따라가듯 한번 생각해봅시다. 그리고 그에 맞춰서 글을 쓰면 되는 것입니다.

한 장면을 떠올려봅시다. 남녀가 나란히 앉아 있습니다. 이것은 3인칭 시점입니다. 두 번째 장면은 남자의 얼굴이 보이고 여자는 뒤통수만 보입니다. 여자의 시점에서 남자의 대사를 듣고 표정을 읽고 심리를 관찰하는 거죠. 이때 시점은 바로 여자입니다. 그다음에는 말하고 있는 여자의 얼굴이 보이고 남자는 뒤통수만 보입니다. 이번에는 남자의 시점으로 여자를 관찰하는 거죠. 영화나 드라마는 이렇게 한 장면에서 시점을 마음대로 왔다 갔다 할 수 있습니다. 그다음에는 다시 나란히 앉은 남녀를 보여주며 3인칭 관찰자 시점이 될 수도 있습니다.

여러분도 글을 쓸 때 바로 이런 식으로 시점을 자유롭게 움직일 수 있습니다. 예를 들어보겠습니다. 교도소를 출소한 사내가 집으로 돌아와 아내가 차려주는 밥을 먹는 장면입니다. 사내의 이름은 동우, 아내의 이름은 지은입니다.

동우**는** 밥을 한술 떠서 입에 넣었다.

이 글의 시점은 누군지 한번 생각해봅시다. 다음 글을 보겠습니다.

동우**가** 밥을 한술 떠서 입에 넣었다.

여기에서 '는'과 '가'의 차이가 느껴지십니까? 독자는 순식간에 읽고 지나가는 단문입니다. 하지만 앞에서 본 영화의 한 장면처럼 순식간에 지나가는 카메라 워킹과 똑같습니다. 카메라는 명확하게 영상으로 보여주지만 작가는 오로지 조사 하나로 이 영상의 차이를 고스란히 표현해야 합니다. 뒷문장을 연결해서 한번 써보겠습니다.

동우는 밥을 한술 떠서 입에 넣었다. 목이 메었다.
동우가 밥을 한술 떠서 입에 넣었다. 목이 메었다.

첫 번째 '동우는'은 동우의 시점에서 밥을 먹고 있는 것입니다. 그렇기 때문에 카메라가 꼭 밥을 한 번 비춰야 합니다. 만약에 영화라면 말이죠. 두 번째 '동우가'는 아내의 입장에서 동우가 밥을 먹고 있는 모습을 보는 것입니다.

두 문장의 시점이 다르기 때문에 목이 멘 주체도 달라집니다. '동우는 밥을 한술 떠서 입에 넣었다. 목이 메었다'에서 목이 멘 사람은 바로 동우입니다. 반면 '동우가 밥을 한술 떠서 입에 넣었다. 목이 메었다'에서 목이 멘 사람은 바로 동우를 바라보는 아내 지은입니다. 아직까지 '는'과 '가'의 차이를 잘 모르겠다면 조금 더 단순하게 생각해보겠습니다.

나는 달린다.

내가 달린다.

이 차이는 쉽게 알 것입니다. '나는 달린다'는 것은 '달리는 것'에 포커스가 있습니다. 나 자신이 '달린다'라는 것을 강조하는 것이죠. 반면 '내가 달린다'는 것은 달리는 주체가 '나'라는 데 포커스가 있습니다. 마찬가지로 '동우는 밥을 한술 떠서 입에 넣었다'는 밥에 포커스를 맞추는 것이고, '동우가 밥을 한술 떠서 입에 넣었다'는 동우에 포커스를 맞추는 것입니다. 그래서 밥 먹는 동우를 카메라에 담아야 합니다. 뒷부분을 연결해보겠습니다.

동우는 밥을 한술 떠서 입에 넣었다. 목이 메었다. 지은의 눈물로 지은 밥이 아닌가? 그녀가 몇 년을 인내하며 흘린 눈물이 밥알 하나하나에 박혀 있다.

완벽하게 동우의 1인칭 시점으로 묘사한 것입니다.

동우가 밥을 한술 떠서 입에 넣었다. 목이 메었다. 몇 년 만에 제대로 된 밥을 먹는 것일까? 새까맣고 홀쭉한 볼을 보니 동우가 겪었던 고생이 고스란히 전해졌다.

아내 지은의 시점입니다. 사실 '새까맣고 홀쭉한 볼을 보니'나 앞 예문의 '지은의 눈물로 지은 밥이 아닌가?'는 주어가 없어도 누구의 시점인지 누구나 알 수 있습니다. 아내와 남편이 서로를 생각하는 것을 충분히 전달할 수 있죠. 마치 1인칭 시점처럼요.

앞서 봤던 영화의 한 장면처럼 카메라가 3인칭으로 왔다가 두 등장인물의 시점에서 대사와 심리묘사를 할 수 있습니다. 3인칭 시점으로 글을 써내려가면서 필요한 장면마다 이런 식으로 얼마든지 시점을 바꿀 수 있습니다. 전체적인 시점은 3인칭으로 하되 장면마다 이런 변화를 준다면 작가의 시점 변화에 따라 독자의 시점도 변합니다. 관찰자 시점과 등장인물의 시점으로 굉장히 다양하게 바뀌는 거죠. 이처럼 다이내믹한 시점 전환이 지루하고 밋밋한 장면에 변화를 주는 것입니다.

어쩌다 실수를 해서 시점의 변화가 자연스럽지 않을 수도 있습니다. 그래서 퇴고 과정을 거치면서 수정하고 또 수정하는 것입니다. 아무리 바쁘더라도 퇴고는 꼭 해야 합니다. 그래야 시점의 전환이 자연스럽고, 마치 다이내믹한 카메라 워킹이 보이는 듯한 글을 쓸 수 있습니다.

이야기를 이끄는 시점의 종류

1. 소설을 쓸 때는 네 가지 시점을 사용할 수 있다.

   ① 1인칭 관찰자 시점

   ② 1인칭 주인공 시점

   ③ 3인칭 관찰자 시점

   ④ 전지적 작가 시점

2. 웹소설에서는 주로 1인칭 주인공 시점이나 전지적 작가 시점을 사용한다.

3. 시점을 자유롭게 전환하면 글을 다이내믹하게 만들 수 있다.

10

작품이 더욱 깊고
풍성해지는 디테일

소설은 여러 장면(scene, 신)으로 이루어집니다. 그리고 장면을 구성하는 요소에는 세 가지가 있습니다. 대사, 묘사 그리고 설명입니다. 이 세 요소를 어떻게 사용해야 할까요?

영화나 드라마의 한 장면을 떠올려보십시오. 연극도 괜찮습니다. 무대가 있고 그 중심에 배우가 있습니다. 대사를 한번 떠올려보십시오. 배우들이 왁자지껄하게 떠드는 것 같다고요? 떠드는 말을 그대로 적으면 그게 바로 대사가 됩니다. 또 묘사란 등장인물들의 얼굴, 체형 그리고 인물들이 있는 장소나 환경을 설명하는 것입니다. 마지막으로 여기가 어딘지, 언제인지, 왜 저들이 저기에 있는지 등의 사전 정보를 알려주는 것이 바로 설명입니다.

영화에서는 등장인물들의 얼굴과 체형은 캐스팅 담당이 맡고 옷차림은 의상 담당이 해결해줍니다. 집, 인테리어, 음식 등은 미술 담당과 소품 담당이 합니다. 하지만 작가에게는 스태프가 없습니다. 오로지 혼자 다 해야 합니다.

글 하나만으로 영화에서 여러 스태프가 하는 일을 독자에게 전달해야 합니다. 그래서 작가의 머릿속에 떠오른 장면이 구체적이고 세밀할수록 대사, 묘사, 설명을 완벽하게 쓸 수 있습니다. 애초에 머릿속에 허술하고 막연한 장면을 떠올리는 작가는 그 장면을 독자에게 제대로 전달하기 힘듭니다.

장면을 완벽히 구상했다면 그것을 알기 쉽게 전달해야 합니다. 그러기 위해서는 불필요한 부분을 들어내야 하죠. 영화에서는 엑스트라를 쓸 수 있습니다. 하지만 우리는 한 장면에 나오는 사람들 중에 대사가 없는 사람, 꼭 필요하지 않은 사람을 들어내야 합니다. 또 배경에서 굳이 알아야 할 것이 아니라면 묘사하지 않아도 됩니다.

상황과 캐릭터, 독자층에 맞는 대사를 써라

'어떻게 하면 대사를 잘 쓸 수 있을까'라는 질문을 많이 받고 작가들도 굉장히 고민을 많이 합니다. 그런데 정말 안타깝게도 잘 쓴 대사는 대사 하나만 떼어놓고 말하기가 어렵습니다. 영화 「살인의 추억」에서 배우 송강호가 "밥은 먹고 다니냐"라는 명대사를 했습니다. 그런데 "밥은 먹고 다니냐"라는 대사만 떼놓고 생각해봅시다. 과연 이 문장이, 이 대사가 명대사일까요? 지극히 평범한 문장이죠. 그런데 상황에 맞고 등장인물의 캐릭터와 맞으면 명대사가 되고 좋은 대사가 되는 겁니다. 게다가 좋은 대사는 받아들이는 독자에 따라 달라집니다. 예를 들어, 적절한 사자성어를 써서 표현하면 50대 독자는 좋아하는 경향이 있지만 10대, 20대는 별로 공감하지 못합니다.

작가는 자신의 독자층을 잘 파악해서 가장 적절한 대사를 선택해야 합니다. 제가 말씀드릴 수 있는 대사 쓰는 팁은 딱 하나입니다. 독자가 읽었을 때 유치하다는 감정을 느끼지 않도록 대사를 써야 합니다. 사실 독자들은 설명과 묘사에서는 유치함을 잘 느끼지 못합니다. 조금 부실할 수는 있겠지만요. 하지만 대사에서는 유치함에 즉각적으로 반응합니다.

'유치함'이라는 느낌은 정말 치명적입니다. "유치해서 못 봐주겠네"라는 말은 현실에서도 많이 합니다. 그런데 독자가 작가의 작품에서 그런 감정을 느꼈다면 그건 바로 이 글에서 하차하겠다는 선언입니다. 유료 구매 독자들의 이탈 원인 중 첫 번째가 유치함입니다.

뼈아픈 이야기가 될지 모르지만 조금 냉정하게 말씀드리겠습니다. 유치함이라는 것은 나보다 수준 낮은 사람에게 느끼는 감정입니다. 여기서 말씀드리는 수준은 연령일 수도 있고 지성일 수도 있고 성품일 수도 있고 인간성일 수도 있습니다. 유치원에 들어가기 전 아이들이 초집중해서 보는 만화 「뽀로로」가 있습니다. 오죽하면 '뽀통령'이라고 하겠습니까. 그런데 그 아이가 초등학교만 들어가도 더 이상 「뽀로로」를 보지 않습니다. 왜 안 보는지 물어보십시오. 대답은 "유치해서"입니다. 어린아이가 초등학생이 되면서 지적 수준이 높아졌기 때문입니다.

또 다른 유치함의 예를 한번 볼까요? 인터넷에 떠도는 '갑질' 사례를 본 적이 있을 것입니다. 아파트 경비를 '노비'라고 부르는 입주자도 있었습니다. 그때 우리는 그 입주자를 '극혐'합니다. 지금이 어떤 세상인데 '노비'라는 말을 쓰는지 정말 유치하기 짝이 없죠. 이때는 인간성이나 품성을 유치하게 느낀 것입니다.

대사에서 유치함을 느낀다는 것은 내가 굳이 돈과 시간

을 써가며 나보다 수준 낮은 지성이나 품성의 작품을 읽어야 하나, 스스로를 한심하게 여기는 자괴감을 느끼는 순간입니다. 하차 각이 딱 나오죠. 유치한 대사는 이처럼 치명적입니다.

묘사하지 않더라도 머릿속에 완벽히 그려놓자

다음으로 묘사에 대해 알아보겠습니다. 어떻게 하면 묘사를 잘할 수 있을까요? 고전소설 『테스』의 일부분을 보시죠.

테스가 문 입구에 나타났다. 그가 생각했던 모습과는 너무나 달랐다. 눈이 부실 만큼 달라져 있었다. 그녀의 천부적으로 빼어난 미모가 입은 옷 때문에 더 아름다워진 것은 아니었지만 아름다움이 분명하게 드러나 있었다. 그녀는 잿빛에 가까운 흰색 캐시미어 실내 가운을 느슨하게 입고 있었으며, 가운에는 상중임을 반쯤 알리는 색깔로 수가 놓여져 있었다. 그녀가 신고 있는 실내화도 같은 색깔로 구색을 맞추고 있었다. 그녀

의 목은 깃털 주름 장식 위로 나와 있고, 잘 기억하고 있는 흑
갈색의 머리채는 머리 뒤에서 반쯤 감아 올린 채 묶여서 어깨
너머로 달랑거리고 있었다. 매무새를 서둔 것이 역력했다.

- 『테스2』 토마스 하디, 정종화 옮김, 민음사, 2009

이 부분을 읽어보면 테스의 옷차림을 굉장히 세밀하게
묘사했습니다. 솔직히 웹소설에서 이렇게 자세하고 길게
옷차림을 묘사하면 대부분의 독자들은 안 보고 패스할 겁
니다. 하지만 독자들이 패스할 것이니까 작가도 패스해도
된다고 생각하면 오산입니다. 쓰지 않을 뿐입니다. 여주인
공이 입고 있는 옷차림은 100퍼센트 작가의 머릿속에 고
스란히 담겨 있어야 합니다. 그중에서 필요할 때마다 꺼내
쓰는 것뿐이죠. 이것이 바로 작가의 태도입니다.

'그녀의 목은 깃털 주름 장식 위로 나와 있고'라는 대목
이 있습니다. 만약 여러분이 글을 쓰는데 등장인물들끼리
싸움을 해서 목 부분을 잡아 뜯었습니다. 그때는 이 깃털
을 묘사해야 합니다. 그런데 여자 등장인물의 옷차림에 대
한 구상이 머릿속에 하나도 없다면 그냥 옷깃만 잡는다고
묘사할 겁니다. 셔츠인지 원피스인지 깃털 장식인지 전혀

모르는 상태죠. 그러면 독자들도 잘 상상이 가지 않습니다. 묘사가 필요할 때는 해야 합니다. 그리고 묘사가 필요할 때를 대비해 작가는 항상 완벽한 모습을 그리고 있어야 합니다.

묘사에는 심리묘사도 있습니다. 영화나 드라마에서 심리에 대한 묘사는 거의 나오지 않습니다. 왜냐하면 영화나 드라마에서 심리묘사는 배우가 표정이나 동작으로 다 알아서 하기 때문이죠. 소설도 마찬가지입니다. 굳이 심리묘사를 위해 장황하게 쓰는 건 좋지 않습니다. 인물의 대사를 통해, 또는 인물의 표정이나 몸짓을 묘사하면서 심리를 드러내야 합니다.

심리묘사를 정확하게 한다는 것은 독자에게 등장인물의 감정을 강요하는 것이기도 합니다. 독자는 그렇게 느끼지 않았는데 작가가 심리묘사를 하면서 이렇게 느끼라고 강요하는 순간, 독자는 괴리감을 느끼게 됩니다. 독자 스스로 등장인물의 심리를 짐작하고 추측하고 느낄 수 있도록 만들어주는 것이 작가의 역할입니다.

예를 들어, 『재벌집 막내아들』에서 주인공이 수능 성적을 잘 받는 대목이 나옵니다. 이때 할아버지인 진 회장이 너무 기뻐서 펄쩍펄쩍 뛰었다든지 하는 설명을 하지 않습니다. 대신 다른 재벌그룹 총수에게 전화를 걸어서 '이번에 우리 손자가 전국구 수능 성적을 받았다'라는 식으로 말합니다. 이 행동과 대사만으로 회장님이 손자를 얼마나 자랑스러워하고 기뻐하는지 독자들은 충분히 느낄 수 있습니다.

설명은 꼭 필요할 때만 쓰자

마지막으로 설명은 어떻게 해야 할까요? 영화나 드라마는 설명을 내레이션이나 자막으로 대신합니다. 우리는 내레이션이 많은 영상을 잘 알고 있습니다. 바로 다큐멘터리죠. 하지만 우리 이야기는 다큐멘터리가 아닙니다. 그러니까 굳이 설명할 부분이 그리 많지 않습니다. 물론 제 작품 중에서 설명이 많은 것도 있습니다. 『신의 노래』에서는 클래식 관련, 『재벌집 막내아들』에서는 당시 경제나 정치적 상황, 『네 법대로 해라』에서는 법률 관련입니다. 이 모든 작품에서 정보 전달의 도구로 설명을 택했습니다. 설명은 꼭 필요한 정보를 전달할 때만 써먹는 게 가장 좋습니다.

장면을 구성하는 세 요소 사용하기

1. 장면은 대사, 묘사, 설명으로 이루어진다.

2. 명대사는 상황과 캐릭터에 맞을 때 탄생한다.

3. 독자층에 적합하고 유치하지 않은 대사를 쓴다.

4. 꼭 묘사하지 않더라도 머릿속에 세세하게 그려놓는다.

5. 설명은 꼭 필요한 정보를 전달할 때만 사용한다.

장면을 어떻게
구성할 것인가

앞서 장면을 구성하는 세 가지 요소에 대해 알아봤습니다. 이제부터는 장면을 어떻게 구성할 수 있는지 예시를 통해 살펴보겠습니다. 먼저 대사만으로 구성된 장면을 보여드리겠습니다.

"김 대리, 도대체 어떻게 된 거야!?"
"아, 윤 부장님, 무슨 일이시죠?"

이 문장에서 우리가 유추할 수 있는 것은 김 대리와 윤 부장 사이에 벌어지는 일이라는 사실뿐입니다.

"뭐, 무슨 일? 영업부 대리란 놈이 담당 거래처에서 무슨 일이 터졌는지도 몰라?"
"거래처라니요…?"

'…' 다음에 물음표가 오죠. 이것은 무슨 말이냐 하면 김 대리가 지금 윤 부장이 하는 말이 무슨 말인지 전혀 모른 다는 뜻입니다. 그러므로 그러한 심리를 따로 설명할 필요 는 없습니다.

"부산에 있는 현진물산 말이다! 방금 은행에서 연락 왔어. 그 놈들이 돌린 어음이 부도났다고! 그걸 영업부가 아닌 우리 재 무팀에서 먼저 알았다는 게 말이나 돼?"

김 대리는 영업부이고, 윤 부장은 재무팀이라는 걸 알 수 있습니다. 처음 등장할 때 두 사람의 부서를 설명하지 않아도 대사에 다 녹아 있습니다.

"혀⋯ 현진물산? 그, 그럴 리가?"

김 대리가 전혀 짐작을 못 했단 이야기죠.

"지랄한다! 그럴 리가는 무슨! 빨리 부산으로 안 가? 현황 파 악 안 할 거야?"
"아, 네, 지금 바로 출발하겠습니다."

"빨리 켜! 이 자식아!"

장면 변환입니다. 이제 김 대리가 부산에 도착한 장면입니다.

"박 이사님. 도대체 무슨 일입니까? 진짜 부도났어요?"
"미안하네. 김 대리. 그렇게 됐어."

이번엔 김 대리와 박 이사의 대화입니다. 박 이사는 현진물산의 이사라는 걸 짐작할 수 있고, 부도가 사실이라는 것도 알 수 있습니다.

"아, 진짜! 담배 좀 그만 피우고 표정 좀 펴세요. 누가 죽은 것도 아니고 나라가 망한 것도 아니지 않습니까? 수습부터 해야죠. 최 사장님은 어디 계십니까?"

여기서 김 대리의 성격이 나옵니다. 부도가 난 것은 난 것이고 김 대리는 수습부터 생각합니다. 굉장히 치밀한 성격이라고 볼 수 있겠죠.

"몰라. 어제부터 연락이 안 돼. 핸드폰도 안 받고 집에도 안 들어왔대. 사모님 걱정이 태산이더라고."

이 문장 하나에서 우리는 추측할 수 있습니다. 사장님이 잠수를 탔다, 혹은 사장님이 불행한 일을 당했다.

이처럼 대사로만 한 신 혹은 두 신을 구성할 수 있습니다. 오로지 핵심만 줄인 대사로 말이죠.

자신의 스타일에 따라 장면을 구성하자

대사만으로 핵심을 전달하면 속도감이 어마어마합니다. 독자는 순식간에 한 편을 몰입해서 읽지요. 하지만 소설이 아니라 마치 요점 정리를 보는 듯한 기분도 듭니다. 소설은 학습지가 아니거든요. 만약 살을 더 붙인다면 독자는 숨 쉴 틈이 생깁니다. 그런데 이것은 몰입에 방해가 된다는 뜻이기도 합니다. 과도한 설명이 나오는 묘사는 독자를 지루하게 만들 수도 있습니다. 이처럼 어느 쪽을 택하든 장단점이 있습니다.

장편 판타지를 연재하고 있는 작가라면 앞서 보여드린 제 글을 도저히 이해할 수 없다고 생각할 수도 있습니다. 서울에서 부산으로 순간 이동했기 때문입니다. 하지만 다른 작가는 등장인물이 비행기를 타고 가게 할 수도 있고, 기차를 타고 갈 수도 있고, 비행기가 뜨지 않았다가 기차표까지 매진되어서 차를 몰고 부산으로 가게 할 수도 있습니다. 고속도로를 달리면서 타이어에 펑크가 나게 할 수도 있고 과속으로 여러 번 위험에 처하게 할 수도 있습니다. 그리고 결정적으로 이동하는 네 시간 동안 김 대리의 심각한 현황과 복잡한 심리를 효과적으로 써먹을 수가 있는데 그걸 다 빼먹었다고 생각할 수도 있죠.

　여러분은 핵심만 전달하겠습니까, 아니면 다른 정보나 설명을 쓰겠습니까? '꼭 이렇게 하세요'라는 정답은 사실 없습니다. 어느 쪽이 옳다는 말도 아닙니다. 저는 속도감 있는 전개를 추천하지만 그게 잘 안 되는 작가도 있을 것입니다. 스타일이 다들 다르기 때문이죠. 중요한 것은 그 스타일을 자신의 장점으로 만드는 것입니다. 느릿느릿 뚜벅뚜벅 나아가는 스타일이라면 그렇게 글을 쓰십시오. 하지만 가능하면 생략의 묘를 잘 운영하십시오. 반면 빠르게 치고 나가는 스타일이라면 가끔씩 숨 쉴 틈을 주고 템포를 늦추는 것도 필요합니다.

다시 말하지만 빠르냐 느리냐, 장황하냐 간략하냐, 대사냐 설명이냐에 대해 정답은 없습니다. 자신의 스타일을 먼저 파악하고 장점을 극대화하는 방향으로 글을 쓰십시오. '지금 잘나가는 작가가, 지금 순위권에 있는 작가가 이런 스타일이니까 따라 해야지' 하는 생각은 절대 하지 말고, 오로지 여러분이 편히 쓸 수 있는 스타일을 자기만의 장점으로 만드는 것이 가장 좋은 방법입니다.

통쾌함 외의 다양한 감정을 건드려라

제 작품 『신의 노래』에는 이런 장면이 나옵니다. 주인공이 한국에서 처음으로 앨범을 발매한 날을 그린 장면입니다. 주인공의 후견인 윤광훈은 그날 아침 일찍 차를 몰고 대형매장으로 달려갑니다. 아들 같은 존재인 주인공의 첫 앨범을 사기 위해서죠. 값을 치르고 대형매장에서 앨범을 사서 바로 달려 나옵니다. 자동차에 타서 CD 플레이어에

CD를 꽂고 볼륨을 키웁니다. 그러고 나서 CD 케이스에 꽂혀 있는 북릿을 꺼냅니다. 알다시피 북릿에는 음악에 대한 설명과 간략한 이야기가 들어가 있습니다. 북릿을 넘기던 윤광훈은 북릿에 있는 가사를 더 이상 읽지 못합니다. 첫 문장에 '아버지에게'라고 적혀 있기 때문입니다. 차 안에서는 음악소리를 뒤덮은 윤광훈의 흐느낌만 가득합니다. 이 글을 쓴 날 저녁, 댓글이 한 80여 개 달렸는데 대부분 같은 반응이었습니다.

'뭉클하다. 감동적이다. 눈물 날 뻔했다. 울컥했다.'

하나의 신에 흥미와 사이다를 퍼붓는 것보다 소소한 감정선을 건드리는 것이 훨씬 더 독자의 마음을 움직입니다. 많은 작가가 대리만족 어쩌고 하면서 소위 '사이다' 같은 장면이 나오지 않으면 안 된다는 강박에 시달리고 있습니다. 작가도 그렇게 많이 경험해보지 않은 속 시원한 장면을 계속 쓰려고 하니까 강도는 더 세지고 설정은 더욱 억지가 됩니다. 쓰다 쓰다 결국은 클리셰까지 가져오게 되죠. 이런 것이 반복되면 독자는 지겨워지고 작가의 역량을 의심하기 시작합니다.

통쾌함만이 감정이 아닙니다. 작가 여러분이 느낀 통쾌

한 감정뿐 아니라 슬픔, 따뜻함 등의 여러 감정을 고스란히 글에 녹여내기를 바랍니다. 희망, 슬픔, 기쁨 등의 감정은 누구나 경험하지만 그 경험이 일치하진 않습니다. 조금씩 다 다른 색깔을 가지고 있습니다. 여러분도 아무도 가지지 못한 색깔의 슬픔과 희망과 기쁨을 가지고 있지 않나요? 본인이 겪었던 그 감정을 독자에게 느끼도록 해주는 겁니다.

소설은 이성을 자극하는 논문도 아니고, 현재의 불만을 터뜨리는 대리만족의 도구도 아닙니다. 작가가 독자의 감정선을 건드릴 수만 있다면 그것이 분노이든 슬픔이든, 흐뭇한 미소가 절로 나오는 따뜻함이든, 사이다 같은 통쾌함이든 독자들에게 좋은 반응을 불러올 것입니다.

무료 마지막 화에 사활을 걸어라

성공적인 유료화를 위해 특히 중요하게 생각해야 될 장면이 있습니다. 그것은 바로 '무료 마지막 화'입니다. 오늘까지 무료인데 내일부터는 유료가 됩니다. 독자들은 굉장히 중요한 기로에 서 있는 겁니다. 내일부터 돈을 내고 볼 것이냐 말 것이냐를 바로 오늘 '무료 마지막 화'에서 결정하게 되기 때문이죠. 어떤 일이 있더라도 작가는 이 부분에서 궁금증의 최대치를 뽑아내야 합니다. 그래야 유료 구매가 일어나고 독자의 방어선도 무너집니다. 방어선이 무너진다는 게 무슨 뜻이냐고요? 처음 한 번 유료 구매를 하면 두 번째부터는 쉬워집니다. 반면 무료에서 유료로 넘어갈 때 유료 첫 화를 구매하지 않으면 그 작품은 두 번 다시 안 볼 확률이 굉장히 높아집니다.

예를 들어보겠습니다. 『재벌집 막내아들』의 이 장면이 무료연재의 마지막 장면입니다.

"우리 회사가 첫 번째로 투자할 곳입니다."

"뭐?!"

깜짝 놀란 오세현은 메모지를 낚아채고 황급히 펼쳤다.

네 명의 매니저들도 오세현의 심상치 않은 표정을 보며 메모지로 모여들었다.

메모지를 확인한 그들은 이구동성으로 외쳤다.

"마이클 델?"

"Michael Dell?"

"Dell? Dell Computer?!"

종잣돈으로 마련한 돈을 가지고 미국으로 건너가서 어디에 투자할 것인가를 결정하는 장면입니다. 주인공 진도준은 나이가 어리지만 이미 40대의 정신을 갖고 있습니다. 미래에 일어날 굉장히 많은 일들도 이미 알고 있고요. 투자처를 결정할 때 저는 델컴퓨터에 주목했습니다. 독자들에게 델컴퓨터는 그리 생소한 회사가 아닙니다. 하지만 웹소설에서는 거의 등장하지 않은 소재이죠. 그렇기 때문에 '델컴퓨터'라는 단어 하나에 독자들은 굉장한 호기심을 느꼈습니다.

이처럼 무료 마지막 화는 마치 독자들을 우롱하듯 무자비할 정도로 강력하게 호기심을 느끼게 하는 장면으로 끝내야 합니다. 유료 1화가 어떻게 시작할지 짐작이 될 정도의 글로 무료연재를 끝낸다면 유료연재가 상당히 어려워집니다.

매일 연재하다 보면 지칠 때도 있고 지겨워질 때도 있고 피곤할 때도 있습니다. 하지만 무료연재의 마지막 화는 그야말로 온 신경을 집중해서 잔인할 정도의 낚싯줄을 던져야 합니다. 독자들이 그 낚싯바늘에 물리지 않으면 유료 성적이 잘 나오리라고 기대하기 어렵습니다.

12

이렇게 웹소설 작가가
되어간다

웹소설 작가가 되려면 크게 세 가지 방법이 있습니다.

첫 번째는 투고입니다. 투고는 한마디로 말하자면 추천하지 않습니다. 이제 출판사라든지 매니지먼트사 혹은 플랫폼들은 투고를 받지 않고, 투고한 원고를 거들떠보지도 않습니다. 개인이 연재할 수 있는 곳이 워낙 많다 보니 '신인 발굴'이라는 새로운 방법으로 전환했고, 이 방법이 안착되었기 때문입니다. 무료연재 성적을 보면 그 작가의 가능성을 훨씬 더 쉽게 파악할 수 있는데, 굳이 투고라는 형태로 원고를 받아서 자기네들끼리 돌려보며 성공할지 안 할지 고민할 필요가 없어진 것이죠.

간혹 투고를 받는 곳도 있지만 전체 원고에 더해 시놉시스까지 요구하는 경우가 늘어나고 있습니다. 시놉시스를 요구하는 출판사나 매니지먼트사의 진짜 의미는 '당신의 작품을 처음부터 끝까지 읽어보고 싶지도 않고, 읽을 시간도 없다. 그러니 간략하게 요약해서 보내라'라는 뜻입니다. 그런데 사실 작품을 요약해서 보내면 캐릭터나 스토리가 살지 않습니다. 그 안에 얼마나 기발한 아이디어가 들어 있느냐, 소재는 얼마나 재미있느냐, 이 정도만 확인하겠다는 뜻이죠. 하지만 굉장히 기발한 아이디어와 재미있는 소재가 있다 하더라도 그것을 장편 연재에 녹여내는 것은 별개의 문제입니다. 그렇기 때문에 이미 웹소설 시장은 무료로 연재하고, 그 가능성을 가늠하고, 가능성 있는 신인작가에게 연락하는 것이 최선의 방법으로 굳어져버린 상태입니다.

두 번째는 공모전입니다. 공모전은 넓은 의미로 보면 사실 투고와 같습니다. 다만 공모전은 공모전을 주최한 회사에서 상금과 인세를 줍니다. 그러니까 연재를 하자마자 입선 혹은 당선만 한다면 초기에 부가 수익을 얻을 수 있다는 장점이 있습니다.

세 번째는 무료연재입니다. 그리 좋은 소식은 아닐지 모르겠지만 이제 웹소설 작가는 무료연재라는 서바이벌 시장에서 무조건 살아남아야 데뷔할 수 있습니다. 서바이벌 시장에서 살아남은 다음에 출판사나 매니지먼트사의 연락을 받고 계약을 한 뒤에 글을 쓰게 되는 겁니다.

어느 플랫폼에 연재할까

신인작가나 지망생들이 많이 하는 질문이 '무료연재를 할 때 어느 플랫폼에 하는 게 좋을까'입니다. 자기 글은 '조아라'에 맞다. 아니 나는 '문피아'에 훨씬 잘 맞다, 혹은 '톡소다'나 '네이버'에 맞다 등등 자신의 글을 가장 사랑해줄 수 있는 독자층이 어느 플랫폼에 있는지를 굉장히 따집니다.

그런데 조금만 생각을 바꿔보면, 무료연재를 올릴 수 있는 곳이라면 어떤 플랫폼에든 다 올려도 된다는 이야기입니다.

내 글을 사랑해줄 수 있는 독자층이 모여 있는 곳이 문피아라 해도 문피아에만 올리지 말고 조아라에도 올리세요. 북팔에도 올리고 네이버에도 올리고 톡소다에도 올리고 모든 곳에 다 올리는 겁니다. 혹시 압니까. 당신은 문피아를 기대했는데 네이버에서 터질지. 혹은 네이버를 기대했는데 조아라에서 터질 수도 있습니다. 모든 사이트에 글을 다 올리십시오. 업로드하는 수고를 30번 정도만 하면 충분히 가능할 겁니다. 전부 올린 다음 한번 기다려봅시다. 어떤 출판사나 매니지먼트사가 어떤 플랫폼을 통해서 나에게 연락을 해오는지.

플랫폼은 좀 미묘한 곳입니다. 순위 집계 방식이 약간씩 다르죠. 순위 집계 방식은 크게 두 가지로 나눌 수 있습니다. 하나는 최신화의 24시간 조회수만 따지는 방식입니다. 그 작품이 그 이전에 올렸던 여러 회차들에 대한 매출과 조회수는 반영하지 않고, 오로지 24시간 이내에 올린 최신화의 조회수만으로 냉정하게 승부하는 겁니다. 과거에 이 작품이 아무리 많은 인기를 끌었다 하더라도 300화쯤 왔을 때는 힘이 빠지죠. 그렇게 되면 순위가 밑으로 떨어지는 겁니다. 왜냐하면 오로지 300화의 조회수만 따지기 때문입니다.

다른 하나는 한 작품 전체의 24시간 매출로 따지는 방식입니다. 특히 네이버 같은 경우가 이런 방식을 사용합니다. 예를 들어, 여러분의 글이 25편이라면 25편 전체의 매출을 따지는 겁니다. 그런데 옆의 경쟁작은 이미 500편을 썼다고 해봅시다. 그러면 500편에서 골고루 매출을 일으킵니다. 여러분은 25편에서만 매출을 일으키는 거고요. 24시간 최신화 조회수는 내가 월등히 높을 수 있어도 순위는 500편을 쓴 작가의 작품이 위에 있을 수 있습니다. 이런 방식을 사용하는 이유는 예전에 네이버나 다른 플랫폼이 단행본을 팔던 시스템을 그대로 갖고 왔기 때문입니다. 편수가 아무리 많다 하더라도 그것을 다 한 작품으로 치고 작품당 매출이 얼마냐로 순위를 따지는 겁니다. 틀렸다 맞다가 아닙니다. 방식이 다를 뿐입니다.

전체 편수의 매출로 순위를 따질 때 편수가 적은 작품은 절대적으로 불리합니다. 즉 신작일수록 불리하다는 이야기죠. 그래서 보통 이런 식의 순위 집계를 하는 플랫폼에 글을 올릴 때는 한 편, 두 편을 올리는 게 아니라 적어도 100편 이상 쌓아서 올리는 겁니다. 그러면 그날 24시간 매출액은 신작 100편의 매출이기 때문에 이미 연재한 지 오래돼서 힘이 좀 빠진 300편, 200편 작품과 충분히 경쟁할 수 있습니다. 이런 여러 가지 방법으로 자기 작품의 순위를 올리는 거죠.

그런데 여기서 명심할 부분이 있습니다. 여러분은 작가입니다. 작가의 일은 오로지 글을 쓰는 겁니다. 순위를 어떻게 올리고, 마케팅을 어떻게 해서 눈에 띌 것인가 하는 전문적인 영역은 여러분과 계약한 매니지먼트사나 출판사에 맡겨두십시오. 순위 등수 올릴 방법을 궁리할 시간 동안에 글을 한 자라도 더 쓰는 게 바로 우리 작가가 할 일입니다.

무료연재를 했는데 매니지먼트사에서 쪽지가 날아오고 연락이 왔다고 굉장히 들떠하는 신인작가들이 있습니다. 그런데 매니지먼트사와 계약한다고 해서 반드시 유료 전환의 길이 뚫린다고 생각한다면 착각입니다. 어차피 일정 분량은 무료로 연재해야 됩니다. 문제는 무료 성적이 좋지 않으면 매니지먼트사와 계약은 했지만 절대 유료 전환을 권유하지 않는다는 것입니다. 어차피 처참하게 깨질 걸 알기 때문이죠.

하지만 매니지먼트사나 출판사와 계약을 했다면 첫 작품은 망해도 두 번째 작품을 쓸 때 처음부터 의견을 들을 수는 있습니다. 차기작을 쓸 때 출판사나 매니지먼트사의 감상과 평가를 받으면 글이 훨씬 더 다듬어지고 내가 몰랐던 규칙도 알게 됩니다. 여러 가지 법칙과 노하우를 배울 수 있는 거죠.

매니지먼트사와 계약할 때 중요한 것

만약 계약을 하게 된다면 계약 구조는 어떻게 되는지 많이들 궁금할 겁니다. 민감한 부분이기도 하죠. 웹소설 시장에서는 이제 편당 100원이라는 금액이 정해져 있습니다. 수익이 발생하면 가장 먼저 네이버, 문피아, 조아라 등의 플랫폼에서 30퍼센트를 가져갑니다. 이것이 평균이고 약간 더 가져가는 업체도 있긴 있습니다. 그러면 이제 남은 70퍼센트를 가지고 매니지먼트사와 작가가 나눠 갖는 겁니다. 보통 매니지먼트사와 작가가 3대 7로 가져갑니다. 그러니까 100원을 벌면 플랫폼이 30원을 가져가고, 20원 정도를 매니지먼트사가 가져가고, 작가는 절반인 50퍼센트를 가져갑니다. 조회수 하나당 여러분은 50원의 수익을 얻는 겁니다.

물론 매니지먼트사와 작가의 레벨에 따라 수수료율이 조금씩 달라지긴 합니다. 하지만 큰 틀에서는 크게 다르지 않습니다.

여기서 한 가지 조언을 드리겠습니다. 매니지먼트사를 선택할 때 수수료를 조금 덜 가져가는 회사, 그러니까 작가한테 50원이 아니라 55원을 주는 회사, 어떨 때는 60원을 주는 회사를 원하는 작가가 있습니다.

그런데 수수료 비율로만 매니지먼트사를 따지지 마십시오. 가장 중요한 것은 그 매니지먼트사가 나를 위해 얼마나 열심히 일을 해줄 것이냐입니다. 편집자가 내 글을 정성껏 읽어주고 내 작품을 홍보하기 위해서 여러 플랫폼을 뛰어다니면서 광고도 하고 배너도 거는 그런 회사를 선택하십시오.

여러분이 명성이 자자한 스타 작가가 굉장히 많이 소속되어 있는 큰 매니지먼트사와 계약을 한다고 생각해봅시다. 여러분은 이제 신인입니다. 가능성을 보여줄진 모르지만 여러분이 매니지먼트사에 이바지하는 이익은 아주 적은 부분이죠. 스타 작가는 한 편 쓸 때마다 1년에 1억, 2억의 이익을 가져다줍니다. 그런데 여러분은 회사 입장에서 본전일 수도 있고 손해를 볼 수도 있습니다. 1년 내내 열심히 챙겨줬는데 100만 원 정도의 이익이 난다면 과연 여러분에게 신경을 쓸까요?

매니지먼트사와 계약하는 순간 사실 데뷔한 거나 마찬가지입니다. 첫 작품이 유료연재가 안 된다고 하더라도 매니지먼트사는 두 번째 작품을 같이 고민하고 같이 쓰기를 바랍니다. 그래서 그 작품이 유료화까지 갈 수 있도록 최선을 다해 도와줍니다.

바로 이때부터 작가들은 진정한 사회생활을 시작하는 겁니다. 여러분이 그 매니지먼트사와 만나는 순간 계약서를 써야 하고, 그 매니지먼트사가 무슨 일을 어떻게 하는지 왜 이 매니지먼트사가 나를 택했는지도 알아야 합니다.

따라서 매니지먼트사를 만나는 순간 여러분은 작가이기 이전에 사회인이 되어야 합니다. 나한테 가장 잘해줄 수 있는 사람, 나와 가장 잘 맞는 사람, 가장 성실한 매니지먼트사를 고르는 눈을 키워야 합니다. 사람을 만나고 그 사람을 파악하고 그와 계약하고, 마음에 안 들어서 계약을 거절하고……. 이러한 일들이 앞으로도 계속해서 펼쳐진다는 이야기입니다. 작가의 일은 글을 쓰는 것이지만 글만 잘 쓰면 된다는 생각에 갇혀서는 안 됩니다. 매니지먼트사를 만날 때는 신중하게 판단해서 여러분과 가장 적합한 회사와 계약하길 바랍니다.

내 글이 진주라면 흙 속에 있을 리가 없다

출판사나 매니지먼트사와 계약을 했다면 담당 편집자와 여러 가지 이야기를 하게 될 것입니다. 매니지먼트사 다음으로 중요한 건 담당 편집자입니다. 이제 여러분의 글을 가장 먼저 읽는 사람은 바로 담당 편집자이기 때문이죠. 편집자는 여러분의 글을 읽고 오탈자도 수정하고 비문도 알려주고, 아주 조심스럽게 글의 방향도 조언해줍니다.

편집자와 작가의 궁합이 잘 맞을 경우 스타 작가 이상의 보살핌을 받을 수도 있습니다. 특히 여러분의 글이 편집자의 개인적인 취향에 맞는 경우 담당 작가를 잘 챙겨주는 경우가 있습니다. 편집자가 온갖 편의를 다 봐주고 내 글을 정말 열심히 읽어주며 굉장히 필요한 조언을 할 때가 많습니다. 그리고 그것을 받아들이는 작가는 더 좋은 작품을 쓸 수 있는 것이죠.

여기서 제가 특별히 당부하고 싶은 게 있습니다. 작가들 중에는 담당 편집자하고만 커뮤니케이션을 하고 그 외의 사람들과는 일체 소통하지 않는 분들이 있습니다. 하지만 그러지 말고 여러분이 계약한 출판사나 매니지먼트사를 찾아가서 그 회사와 계약되어 있는 기성 작가를 만나십시오. 그들은 여러분과 같은 길을 걷는 사람들입니다. 또 그들은 웬만한 편집자보다 훨씬 더 훌륭한 감상평과 조언을 해줄 수 있는 분들입니다.

같은 회사와 계약한 선배 작가가 있는데 그 작가 성적이 별로 시원찮은 경우도 많습니다. 그래서 무시하고 만나지 않고 말을 섞지도 않는 신인작가들도 있습니다. 하지만 그들은 썩 훌륭한 성적을 내진 않더라도 이 서바이벌 시장에서 살아남은 사람들입니다. 그들이 이 냉혹한 시장에서 수년간 버텨온 내공은 결코 무시할 게 안 됩니다.

또 신인작가들이나 지망생들이 굉장히 많이 하는 말이 있습니다.

'내 글은 진짜 재미있고 뛰어난데, 다른 유료 사이트에서 1, 2등 하는 작품보다 내 글이 훨씬 재미있는데, 워낙 작품이 많다 보니까 내 글이 묻혀서 매니지먼트사나 출판사의 눈에 띄지 않는다. 그래서 그 진입장벽을 뚫지를 못하겠다. 그러니까 내가 나서서라도 순위를 올려서 눈에 띄어야 하지 않겠느냐.'

이런 말을 하는 작가들이 꽤 있습니다. 내 글은 흙 속에

묻힌 진주라는 거죠. 이런 말에 대해 '팩트폭행'을 한번 해보려고 합니다. 당신의 글을 진주라고 평가하는 사람은 당신 하나입니다. 그 누구도 당신을 진주라고 평가한 적이 없어요. 만약 정말 자신의 글이 진주처럼 훌륭한 글이라고 생각한다면 주변 지인에게 글을 한번 보여주십시오. 그 글이 정말 진주라면 지인들이 입을 쩍 벌리고 재미있다고 할 겁니다.

그리고 예전과 다르게 진주를 발굴하는 사람들이 꽤나 많아졌습니다. 수없이 많은 매니지먼트사가 바로 그것입니다. 여러분의 글이 진짜 진주라면, 아니 진주까지 가지 않아도 좋습니다. 그럭저럭 보기 좋은 조개껍질이거나 좀 예쁜 조약돌만 되더라도 분명 누군가가 연락을 해올 겁니다.

웹소설 작가가 되는 법

1. 투고나 공모전보다는 무료연재를 노린다.
2. 가능한 한 모든 플랫폼에 글을 연재한다.

3. 계약을 하면 보통 매니지먼트사와 작가는 수익을 3:7로 나눈다.

4. 매니지먼트사와 계약할 때는 돈보다 얼마나 나를 서포트해줄지를 본다.

5. 출판사나 매니지먼트사와 계약했다면 담당 편집자와 기성 작가의 조언을 성실히 듣는다.

13

전업작가라면 한 번에 무조건 5,000자는 써라

웹소설 작가는 평소에 어떻게 글을 써야 할까요? 정말 간단한 해답을 드리겠습니다.

한 번 잡으면 5,000자를 쓰십시오. 전업, 부업, 겸업 등 작가의 환경은 다 다르지만 공통된 규칙이 바로 이것입니다. 주 7회 연재가 가능한 전업작가라면 매일 5,000자 이상 써야 합니다. 사정상 주 2회 혹은 주 3회 정도밖에 연재를 못한다면 정해진 날 반드시 5,000자를 쓰는 겁니다. 그리고 하루 혹은 이틀을 쉰 다음에 다시 5,000자를 쥐어짜듯이 써야 합니다. 워드 프로그램을 켜는 순간 5,000자를 쓰고 컴퓨터를 끈다고 생각하십시오. 그리고 쉬든 이틀 동안 본업에 충실하는 등 시간을 보내고 나서 컴퓨터를 켜면 다시 5,000자를 쓰는 겁니다.

찔끔찔끔 써서 한 회 분량을 3일에 걸쳐 만들었다면 글은 분명히 망가져 있습니다. 왜 찔끔찔끔 쓰면 안 되냐고요? 이유는 간단합니다.

첫날 1,000자를 썼습니다. 그리고 그다음 날 2,000자를 쓰려고 꺼내보면 전날 쓴 1,000자를 다시 읽게 됩니다. 다시 읽다 보면 이상한 부분을 꼭 발견하게 됩니다. 그러면 그 1,000자를 지우든지 아니면 수정하게 되죠. 그렇게 고친 2,000자, 혹은 5,000자는 그 앞에 썼던 5,000자와 또 맞지 않습니다. 이빨이 맞지 않는 톱니바퀴를 계속해서 나열하는 겁니다. 그러다 보면 글은 흐트러지고 망가지게 되어 있습니다. 계속 다듬는 행위만 반복하다 보면 연재는 결국 불가능한 지경에 이르게 됩니다.

손가락이 5,000자를 쓰기 전에는 절대 쉬지 않는, 이러한 상태가 몸에 익어야 합니다. 이것이 웹소설 작가의 첫걸음입니다.

작가들 중에는 하루에 고작 5,000자 쓰는 데 정말 쥐어짜듯이 쓰는 작가가 있습니다. 저도 여기에 속합니다. 초집중해서 쓰면 6시간 정도 걸리고, 약간 여유를 부리면서 쓰면 10시간은 훌쩍 넘어버립니다. 겸업할 때는 6시간 안에 무조건 한 편을 썼습니다. 왜냐하면 시간이 없었거든요. 퇴근하고 나서 6시간 동안 쓰고 나면 잠을 자야 했습니다. 시간이 없으니 무조건 집중을 하게 됩니다. 그런데 전업해도 이 분량은 늘어나지 않습니다. 여러분도 쥐어짜듯이 6시간, 10시간을 글을 써야 하는 작가라면 어쩔 수 없습니다. 방법이 없으니 의자와 친해지시기 바랍니다. 하루에 10시간을 의자에 앉아 있어야 합니다.

정말 부러운 경우도 있습니다. 하루에 두세 시간 정도 투자하면 5,000자가 휙 하고 나옵니다. 정말 대단한 재능이죠. 더 신기한 점은 수정 하나 없이 막 쓰는 거 같은데 글의 퀄리티가 굉장히 좋다는 겁니다. 그런 작가들이 몇 명 있습니다. 웹소설 시장에서 굉장히 알려진 작가들이죠. 그분들은 하루 두세 시간 일하고 나머지 시간을 쉽니다. 충전하는 거죠.

이런 이야기를 들었을 때 "어! 나도 두세 시간이면 한 편이 뚝딱 나오던데요?"라고 말하는 사람이 꼭 있습니다. 그런 분에게 묻고 싶습니다. 두세 시간 만에 뚝딱 해서 한 편이 나온다면 그 글의 퀄리티는 어떻습니까? 연재했을 때 조회수가 폭발했습니까? 성공적인 유료 전환을 했습니까?

글을 쓰는 데 두세 시간이면 한 편이 나온다고 해봅시다. 그런데 그 글의 퀄리티가 그렇게 좋은 편은 아니라고요? 그렇다면 나머지 시간에 놀지 말고 그 글을 한번 다듬어보십시오. 다듬은 다음에 글이 훨씬 나아졌다는 생각이 들면 앞으로는 글을 쓸 때 두 시간 만에 쓰지 말고 좀 더 정성 들여 쓰십시오.

반대의 경우도 있습니다. 두 시간 만에 한 회 분량을 완성하고 하루 종일 다듬었는데도 글의 퀄리티는 그다지 나아지지 않는다는 겁니다. 실제로 많은 분이 이렇습니다. 이런 경우 어떻게 하면 더 좋은 글을 쓸 수 있을까요? 어떤 노력을 기울이면 필력을 향상시킬 수 있을까요? 저는 이런 질문에 대한 뻔한 답보다 좀 더 현실적인 조언을 해드리겠습니다.

작품의 질을 높일 수 없다면 양을 늘리자

만약 여러분이 두 시간 만에 한 편을 쓰고 아무리 다듬어도 글의 퀄리티가 향상되지 않는다면 양으로 승부하십시오. 농담이 아닙니다. 하루에 2편, 3편을 쓰는 겁니다. 그러면 글 쓰는 시간이 2시간에서 4시간, 6시간으로 늘어나죠. 만약에 4편을 쓰면 8시간이 됩니다. 평범한 직장인들의 하루 근무 시간입니다.

그런데 하루에 서너 편을 쓴다고 여러 작품을 동시에 연재하는 건 안 됩니다. 한 작품을 많이 쓰십시오. 오로지 그 작품에 '올인'해서 한 달에 두 번, 세 번, 네 번을 쓰는 겁니다. "성적도 시원찮은데 양만 많으면 뭐합니까"라고 말할 수 있습니다. 하지만 모르시는 말씀입니다. 결과는 상상을 초월할 겁니다.

많이 쓰고 빨리 쓰기로 유명한 작가가 있습니다. 보통 하루에 3편이나 4편을 쓰죠. 15,000자에서 20,000자 이상을 쓰는 겁니다. 단 하루 만에 제 일주일치 분량을 뽑아낼 때도 있습니다. 그런데 그분의 유료 성적수는 플랫폼당 100 미만입니다. 75, 88 정도의 숫자죠. 다들 '이 작가는 작가로서 재능이 없다. 이 작품은 망했다'라고 생각할 때 그는 1년에 종합소득세를 3,000만 원에서 4,000만 원을 냅니다. 연 수입이 2억에 육박하죠.

왜 그런 줄 아십니까? 한 달에 두세 권을 써내니 1년이면 서너 작품이 쌓입니다. 10년을 쓰면 30편, 40편의 작품이 쌓인다는 이야기죠. 그렇게 쓴 30~40편의 작품이 모든 플랫폼에 깔린 채로 열심히 돈을 벌어들입니다. 만 원, 오만 원, 십만 원, 오십만 원, 이런 식으로요. 그렇게 모인 돈이 1년이 지나면 2억, 3억이 되는 겁니다. 오랜 작가 생활을 하면서 그러다가 한두 편은 빵 하고 터질 때가 있습니다. 그럴 때는 정말 돈을 쓸어 담는다는 표현이 맞습니다. 터진 작품이 수억을 벌어들이고 깔려 있는 30~40편의 작품들도 덩달아 판매량이 올라갑니다. 정말 어마어마한 매출을 일으키고 어마어마한 수익을 얻게 되는 겁니다. 작품 하나가 메가 히트를 치는 것보다 훨씬 더 큰 결과를 얻게 되는 것이죠.

만약 이 작가가 '내 글은 형편없기 때문에 여러 편 써도 소용없어. 그냥 나는 하루에 한 편만 쓸래'라고 했다면 지금 어떻게 되었을까요? 아마 작가의 길을 접고 다른 직업을 선택했을 겁니다. 작품의 수가 적으면 터지는 작품이 나올 기회도 드물게 오고, 그러면 전업작가로 살아남기가 쉽지 않습니다.

물론 가장 중요한 건 여러분의 스타일과 장점, 단점을 먼저 파악하는 것입니다. 작품의 양으로 승부할 분은 양으로 승부하고 좋은 퀄리티의 글을 쓸 수 있는 분은 좋은 퀄리티의 글을 쓰십시오. 하루에 두 시간밖에 글을 못 쓰는 상황이라면 두 시간만 쓰십시오. 대신에 하루 한 편은 꼭 써야 합니다.

영감은 어디서 오는 게 아니라 끄집어내는 것

불현듯 떠오르는 기막힌 아이디어가 하나 있습니다. 아이디어가 사라지기 전에 당장 노트북을 열고 글을 쓰기 시작합니다. 그런데 아이디어가 막혀 프롤로그와 1화, 2화, 3화 정도 쓰고 나면 접게 됩니다. 갑자기 떠오르는 아이디어나 영감은 이렇게 불현듯 왔다가 귀신처럼 사라져버립니다. 그러므로 아이디어에 매달리지 말고 접근 방식을 다르게 하십시오.

처음부터 아이디어에 기대지 말고 소재를 생각하십시오. 소재는 거시적으로 출발해도 좋고, 미시적으로 출발해도 좋습니다. 저 같은 경우는 주인공의 직업을 먼저 생각합니다. 제 전작들을 보면 주인공이 직장인이었고 음악가였고 검사였고 재벌이었습니다. 주인공의 직업을 생각하다 보면 그 직업에 얽혀 있는 여러 가지 이야기가 자연스럽게 떠오릅니다.

소재를 선택했다면 이제는 전체 내용을 생각해야 합니다. 앞에서도 설명했지만 전체 내용은 디테일하게 생각하지 말고 전체 줄거리를 한두 문장으로 소개해보십시오. '이 이야기는 아주 훌륭한 직장인의 이야기입니다', 혹은 '이 이야기는 재벌가의 암투를 그린 이야기입니다', 혹은 '이 이야기는 서울에 갑자기 몬스터가 나타나서 인류가 혼돈에 빠지는 이야기입니다', 이런 식으로 한두 줄로 간단하게 정리할 수 있어야 합니다. 에피소드가 아무리 다양하게 전개된다 하더라도 결국 여러분이 간추린 그 문장으로 결론에 이르게 됩니다.

소재를 떠올렸고 전체 줄거리를 떠올렸습니다. 그럼 세 번째로 할 일은 '도입부를 어떻게 쓰느냐'입니다. 아이디어가 필요한 건 바로 지금부터입니다. 불현듯 떠오르는 아이디어를 기다리는 게 아니라 머리를 쥐어짜서 에피소드를 어떤 내용으로 채울지 생각하고 또 생각하는 겁니다. 아이디어나 영감은 외부에서 오는 게 아닙니다. 여러분의 머릿속에 있는 생각과 영감을 쥐어짜듯이 해서 끄집어내야 하는 겁니다.

이제 여러분은 도입부까지 썼습니다. 여기까지 오는 데도 굉장히 많은 시간이 걸렸을 겁니다. 고통스러운 시간이죠. 머리를 쥐어짜야 하니까요. 도입부까지도 힘들었는데 그 내용을 이어서 쭉 써야 합니다. 200화, 300화까지 말이죠. 그러나 이제는 아이디어의 원천이 있습니다. 내 머릿속 대신에 노트북에 워드 파일로 남아 있죠. 그 원천이란 바로 도입부입니다.

이제부터는 그 도입부를 뚫어지게 쳐다보십시오. 도입부를 바탕으로 이야기를 전개해나가야 합니다. 처음 생각했던 아주 러프한 전체 내용이 방향성을 잃지 않는 범위 내에서 도입부를 바탕으로 아이디어를 끝없이 쥐어짜고 이야기를 전개해나가야 합니다.

도입부에 등장했던 인물과 환경에 빙의하듯 몰입하십시오. 그렇게 해서 등장인물이 무엇을 해야 하는지, 이 환경이 어떻게 변해야 하는지, 조연들의 생각은 어떤지, 여러분 스스로가 각각의 역할을 맡아서 그 도입부의 환경에 맞게 전개를 해나가는 겁니다. 그렇게 해야 개연성이라는 게 생깁니다.

글쓰기란 바로 이 과정의 반복입니다. 작가가 창조한 캐릭터에 직접 빙의해서 어떻게 생각하는지, 어떤 행동을 앞으로 취해야 하는지, 이럴 때 이 주인공은 어떤 일을 하고, 이럴 때는 저 조연이 어떤 일을 하는지 생각하는 겁니다. 그것이 바로 작가들이 흔히 말하는 '캐릭터가 알아서 논다'는 말의 의미입니다.

작가는 캐릭터가 알아서 노는 것을 글로 옮길 뿐입니다. 그런데 실제로 내가 글로 만든 캐릭터가 혼자서 놀진 않죠. 작가가 그 캐릭터에 빙의하듯이 들어가야 합니다. 그렇게 해서 개연성 있게 생각하고 그 생각을 글로 옮기는 것입니다.

웹소설 작가의 글쓰기 습관

1. 주 7회 연재가 가능한 전업작가라면 매일 5,000자 이상 쓴다.

2. 전업작가가 아니라도 한번 앉으면 꼭 5,000자를 쓴다.

3. 글을 빨리 쓰는데 퀄리티가 떨어진다면 계속 다듬고 더욱 정성 들여 쓴다.

4. 아무리 다듬어도 글의 퀄리티가 향상되지 않는다면 무조건 많이 쓴다.

5. 아이디어나 영감을 기다리지 말고 머리를 쥐어짜서 생각해낸다.

6. 캐릭터에 빙의해서 캐릭터가 알아서 놀게 한다.

14

많이 읽고, 많이 쓰고, 많이 생각하라

다독, 다작, 다상량은 소위 작가에게 필요한 쓰리 콤보라고 말합니다. 무조건 많이 읽고 많이 쓰고 많이 생각해야 한다는 거죠. 그 의견에 전적으로 동의하지만 제가 생각하는 다독, 다작, 다상량의 의미는 조금 다릅니다.

웹소설에 함몰되지 마라

먼저 다독에 대해 말씀드리겠습니다. 처음 밝히는 것이지만 저는 웹소설을 읽지 않습니다. 작가가 된 이후부터 읽지 않았습니다. 작가가 되기 전에는 심심할 때 조금씩 읽어봤습니다. 완결까지 본 적은 없고 초반부 프롤로그부터 10편 정도 보고 나면 또 다른 걸 봤죠. 그냥 여러 가지 설정만 봤습니다. 작가들이 초반에는 굉장히 잘 쓰기 때문에 재미있거든요.

제가 웹소설 혹은 장르소설을 처음부터 끝까지 완독한

것은 10대 때 본 무협소설들이 전부입니다. 물론 친한 동료작가끼리 연재하기 전에 의견을 구하기 위해 도입부를 돌려 보는 경우가 있습니다. 그때는 저도 다른 작가의 글을 보고, 저도 도입부를 만든 다음에 친한 동료작가에게 보여줘서 의견을 구합니다. 그 외에는 웹소설을 본 적이 단 한 번도 없습니다.

그 이유는 나만의 색채를 유지하기 위해서입니다. 작가 산경은 다른 작가와 좀 다른 색깔을 가지고 있다는 느낌을 주길 원합니다. 그런데 제가 다른 작가의 작품에 흥미를 느끼거나 감탄하게 된다면 부지불식간에 영향을 받게 됩니다. 그것이 문체일 수도 있고 설정일 수도 있겠죠. 이런 것을 일절 차단하기 위해서 아예 다른 작가의 웹소설을 보지 않습니다. 저뿐만이 아니라 많은 웹소설 작가가 웹소설은 쳐다보지도 않습니다.

여러분도 알다시피 웹소설에는 비슷한 설정, 비슷한 플롯의 작품이 너무 많습니다. 비슷한 작품을 계속해서 여러 권 읽는다는 것은 중복된 행위일 뿐입니다. 제가 추천하고 싶은 것은 각 장르의 대표적인 작품 두어 개를 읽는 것입니다. 그 외에는 웹소설은 그만 읽기를 권합니다.

이제 다독이란 말에는 많은 글을 읽는다는 의미 외에 새로운 해석이 필요합니다. 책은 작가의 정신을 풍요롭게 하는 도구의 하나일 뿐입니다. 이제는 멀티미디어 시대죠. 책만이 지식을 전달하지 않습니다. 책, 드라마, 만화, 영화, 유튜브, 블로그, 언론기사 등이 전부 다독의 대상인 겁니다. 자신은 다독하는 작가 혹은 지망생이라고 말하면서 웹소설만 줄곧 읽는다면 저는 그것을 다독이라고 인정할 수가 없습니다.

활자를 좋아하는 분이라면 서점으로 달려가십시오. 인터넷에서는 웹소설이 있지만 서점에는 소설, 경제, 인문, 사회, 자연과학 등 굉장히 다양한 분야의 읽을거리가 널려 있습니다. 이 많은 책을 읽어야 다독인 겁니다. 많이 읽고 넓게 읽고, 카테고리를 확대하는 것이 다독이지, 웹소설만 하루에 10편 이상 읽는다고 해서 그걸 다독이라고 할 수 없습니다.

'웹소설이 너무 좋아', '나 웹소설 중독인가봐'라고 생각하는 분들도 있죠. 그런 분들이 작가를 희망한다면 웹소설을 읽을 때 제발 공부하듯이 읽지 마십시오. 어떤 클리셰가 쓰였는지, 문장을 어떻게 썼는지, 언제 '사이다'를 터뜨리는지, 이런 거 분석하지 말고 읽으라고 권하고 싶습니다.

우리, 잠깐만 생각해봅시다. 웹소설은 누가 뭐래도 서브컬처이며 팝콘문화입니다. 가볍게 즐기고 소비하는 아이템이라는 말입니다. 웹소설의 태생적 본질을 잊지 마십시오. 가볍게 즐길 수 있는 콘텐츠는 그냥 가볍게 즐기십시오. 그리고 깊이 생각해야 할 전문적인 콘텐츠는 그것이 필요해졌을 때 깊이 생각하면 됩니다.

웹소설은 재미있게 읽으면 끝입니다. 그렇게 읽다 보면 웹소설의 장점이 내 머리에 쌓이는 게 아니라 온몸에 쌓이게 됩니다. 그래서 억지로 끄집어낼 필요가 없어지죠. 자연스럽게 손끝에서 재미있는 내용이 쏟아질 수도 있습니다.

시작을 했으면 끝장을 내라

두 번째는 다작입니다. 당연히 작가는 다작해야 합니다. 하루에 5,000자씩 써내야 하는 게 웹소설 작가의 숙명인데 당연히 많이 써야죠. 단, 연재를 하십시오. 열심히 쓴 글을 왜 여러분의 노트북에 잠재워둡니까? 연재하는 건 어차피 무료입니다. 누구나 올릴 수가 있어요. 그런데 왜 연재를 안 하십니까. 여러분의 노트북에 쌓여 있는 그 글들이 부끄럽습니까?

단행본 소설과 웹소설의 차이는 일부를 무료로 푼다는 것입니다. 무료연재 성적이 별로 좋지 않을 때는 그만둬도 독자들이 탓하지 않습니다. 왜냐하면 공짜로 봤기 때문이죠. 웹소설은 실전이 전부입니다. 연재를 하고 날카로운 댓글에 찔려도 보고 혹평에 좌절도 해보고, 이런 과정을 반복하다 보면 언젠가 하나가 터질 겁니다. 혹시 압니까. 지금 당신의 노트북에 잠자고 있는 워드파일 하나가 큰 성공을 거둔 작품이 될지.

전업작가가 되겠다면 다작을 하는 건 당연한 겁니다. 그런데 물만 계속 끓이는 분들이 있습니다. 프롤로그와 도입부를 조금 쓰다 힘들어서 그만두는 거죠. 그런 다음 또다시 도입부, 또다시 프롤로그만 주야장천 써대는 작가들이 있습니다. 컴퓨터 파일에 저장되어 있는 글, 연재도 하지 않고 쓰다가 만 글이 아무리 많아도 결코 다작이 아님니다. 제발 물만 끓이지 마십시오. 물이 다 끓었으면 라면과 수프를 넣으십시오. 그런 다음 냉장고에서 김치도 꺼내서 젓가락을 들고 그 라면을 맛있게 드십시오. 아무리 가벼운 라면이라도 음식입니다. 먹어야 그 목적을 달성하는 겁니다.

또한 아무리 웹소설이 가벼운 팝콘문화라 하더라도 완결하겠다는 의지를 가지고 써야 합니다. 물론 힘든 만큼 중간에 꺾일 수도 있습니다. 하지만 완결을 못 해본 작가는 아직 작가가 아닙니다.

마라톤으로 예를 들어보겠습니다. 마라톤의 덕목은 지구력, 심폐 기능, 하체, 강인한 어깨가 아니라 42.195킬로미터를 완주하는 것입니다. 좋은 아이디어가 떠올라서 신나게 글을 쓰는 것은 마라토너가 총성이 '빵' 하고 울린 뒤에 힘차게 달려가는 모습과 똑같습니다. 이건 누구나 할 수 있습니다. 마라토너가 아니라도 100미터, 200미터는 힘차게 달릴 수 있습니다. 하지만 진정한 마라토너는 5시간이 걸리든 10시간이 걸리든 42.195킬로미터를 완주하는 순간 완성되는 것입니다. 힘차게 출발해서 2킬로미터 딱 뛰고 그만두는 행위를 40번 이상 반복한다고 해서 마라토너라고 인정하지 않듯이, 완결작이 하나도 없다면 작가가 아닙니다.

작가는 성적이 좋든 안 좋든 한 번 정도는 완주를 해야 합니다. 아주 재미있는 프롤로그나 도입부를 20번을 썼다고 가정합시다. 양으로 보면 100화를 쓴 것과 같지만 이 사람은 아직 작가 지망생일 뿐입니다. 시작부터 완결까지 꾸준히 100화를 쓴 사람이 작가의 길에 들어선 것입니다. 성적과 관계없이 말이죠.

하나의 생각을 물고 늘어져라

세 번째는 다상량입니다. 생각을 많이 하자는 거죠. 그런데 저는 이 말을 좀 바꿔보겠습니다. 생각은 한 번에 하나씩만 합시다.

다작을 설명할 때 프롤로그와 도입부를 쓰고 새로 쓰고, 그런 식으로 계속해서 반복하는 사람에 대해 이야기했죠. 그런 분들은 생각도 똑같이 합니다. 이 생각을 조금 하다가 생각이 막히면 또 다른 상상을 펼칩니다. 이런 식으로 온갖 상상의 나래를 펼칩니다. 이것은 프롤로그만 계속 써대는 것과 똑같은 겁니다.

여러분의 머릿속에 굉장히 재미있고 기발한 아이디어가 하나 떠올랐다면 오로지 그 아이디어만 생각하십시오. 그 아이디어를 집요하게 물고 늘어지십시오. 그리고 그 집요하게 물고 늘어진 결과를 글로 옮기십시오. 그런 다음 글을 쓰면서 오로지 그 글만 생각하십시오. 제발 다른 스토리, 다른 설정, 다른 플롯은 생각하지 마십시오.

지금 쓰고 있는 이 작품만 생각하십시오. 다른 생각은 지금 하고 있는 이 생각을 더 이상 할 수 없을 때, 지금 쓰고 있는 이 글을 더 이상 쓸 수 없을 때 하는 겁니다. 잡다한 상상이나 생각을 사람들은 망상이라고 합니다. 상상이나 망상에 그치지 않으려면 하나의 생각을 물고 늘어져야 합니다. 제발 하나의 생각이 떠오르면 끝까지 물고 놓치지 마십시오.

글을 쓴다는 것도 직업이고 일입니다. 다상량은 한 가지 생각을 끝없이 하는 겁니다. 잠자는 시간 제외하고 오로지 그 생각만 하십시오. 밥 먹을 때도 작품 생각하고, 산책할 때도 작품 생각하고, 커피 마시면서 잠깐 쉴 때도 작품 생각을 하십시오. 지금 집필 중인 글의 전개와 에피소드만 생각해야 한다는 겁니다. 쉴 때 그렇게 쉬고 일할 때는 글을 쓰십시오.

필사는 도움이 되지 않는다

작가의 필수 덕목이 다독, 다작, 다상량인 만큼 여러분은 그것을 즐겨야 합니다. 정리하자면, 웹소설 작가에게 다독은 분야를 확대해서 읽는 것이고, 다상량은 오로지 한 가지 생각만 물고 늘어지는 것이며, 다작 역시 한 작품을 끈질기게 써서 완결시키는 것입니다.

몇몇 작가들이나 지망생들은 필사를 하기도 합니다. 성공한 작품을 그대로 베껴 써보는 겁니다. 하지만 지금 당장 그만두라고 말하고 싶습니다. 그것은 다독도 아니고 다상량도 아니고 다작도 아닙니다. 그냥 베끼는 노동 행위일 뿐입니다.

필사를 해서 성공했다는 웹소설 작가를 아직까지 본 적이 없습니다. 만약 필사를 해서 뭔가를 얻었다면 여러분이 그 작품 하나만 아주 깊이 읽었다는 겁니다. 그러나 앞에서 말했듯 웹소설은 깊이 읽는 소설이 아닙니다. 가볍게 읽는 소설입니다.

여러분이 진정으로 필사를 하겠다고 생각한다면 서점으로 달려가서 철학 책, 사회과학 책, 인문과학 책 등을 사십시오. 아주 어려운 용어들로 이루어진 극도로 정제된 문장들을 읽으면서 깊이 생각하고 필사하십시오. 그거라면 약간의 도움은 될 겁니다. 하지만 솔직히 그것도 추천하지는 않습니다. 필사는 여러분에게 아무런 도움이 되지 않습니다.

필사를 펜으로 하는 분도 있고 키보드를 두드리는 분들도 있습니다. 펜으로 쓰는 분은 손가락만 아플 것이고 키보드를 두드리면 키보드의 수명만 단축시킵니다. 지금 당장 필사를 그만두고 여러 방면으로 글을 읽고, 깊이 생각하고, 그리고 한 가지 생각이 떠오르면 끝없이 물고 늘어지십시오. 그리고 글을 쓰십시오. 그게 다독, 다작, 다상량, 쓰리 콤보의 진정한 의미입니다.

웹소설 작가의 다독, 다작, 다상량

1. 웹소설은 각 장르의 대표적인 작품 1~2편만 읽는다.

2. 웹소설 중독이라면 분석하지 말고 재미로 가볍게 읽는다.

3. 책뿐 아니라 드라마, 만화, 영화, 유튜브, 블로그, 언론기사 등이 다독의 대상이다.

4. 쓴 글은 반드시 연재하고 연재를 하면 꼭 완결한다.

5. 아이디어 하나가 떠오르면 집요하게 생각해서 결론을 낸다.

15

전업작가로
먹고살 수 있을까

전업작가의 길을 갈 것인가 아니면 본업은 따로 두고 부업으로 글을 쓸 것인가 고민하는 분이 많을 겁니다. 현재 고정수입이 있는 분들이라면 무조건 부업으로 하십시오. 지금 웹소설 시장이 활황이며 블루오션이라고 해도 모두에게 해당되는 것은 아닙니다. 그냥 아주 가볍게, 취미인 글쓰기가 용돈 정도 벌어준다고 생각하고 웹소설을 쓰기 시작하십시오. 다만 글 쓰는 자세와 방법은 이 책에서 알려드린 방식을 충실히 따라야 합니다.

그럼 부업에서 전업으로 언제 넘어가야 하는지 궁금한 분도 있을 텐데요. 그건 다른 사람한테 물어볼 필요가 없습니다. 저절로 알게 될 테니까요. 작품이 쌓이면 신작의 성적이 형편없어도, 완결 후 잠깐의 휴식기에도 수익이 계속해서 들어옵니다.

저의 경우 2015년 5월경 완결한 『비따비』는 6권 정도로 적은 분량이지만 여전히 수익이 들어옵니다. 또 연재 당시 그리 좋은 성적이 아니었던 『네 법대로 해라』도 지금까지 수익이 100만 원 이하로 떨어진 적이 없습니다. 그 뒤에도 계속해서 신작을 쓰다 보니 매월 200만 원 이상의 수익이 계속 들어옵니다.

부업에서 전업으로 넘어가는 시기는 쌓인 구작들이 안정적인 수입을 벌어줄 때입니다. 안정적인 수입의 기준은 여러분이 판단할 문제입니다. 작가마다 다르겠지만 완결된 작품이 많으면 고정수익이 발생합니다. 생활이 안정적이라 판단되면 언제든지 전업작가의 전선에 뛰어들어도 됩니다.

현재 직업은 있으나 여러 가지 이유로, 수입이 적다거나 적성에 맞지 않아서 일을 그만두고 오로지 글만 쓰고 싶다는 분들도 있습니다. 하지만 전업작가가 되면 지금의 수입보다 좋거나 지금의 적성보다 맞다고 장담할 수 없습니다. 그러니 최대한 버티면서 겸업으로 글을 쓰기를 바랍니다.

자영업자 vs 전업작가

이런 분도 있습니다. 현재 직업도 없고 고정적인 수입도 없다, 대신 자영업자 창업 준비 중인데 전업작가도 고려하고 있다, 이런 분이죠. 자영업자와 전업작가의 수익을 비교해보겠습니다.

신한은행이 고객 155만 명의 빅데이터를 활용해 2017년 1~12월 소득을 분석한 '서울시 생활금융지도 – 소득' 편을 2018년에 공개했었습니다. 그 자료를 보면 2017년 한 해 동안 자영업자 월 소득은 172만 원이었습니다. 연간 소득으로 환산하면 2,000만 원 정도 되는 거죠. 작가가 연간 소득 2,000만 원을 벌려면 작품 전체 매출액이 4,100만 원 정도 되어야 합니다. 왜냐하면 수익 분배에 따라서 작가가 전체 매출의 50% 정도를 가져오기 때문입니다. 그러면 4,000만 원의 매출을 일으키기 위해서는 조회수가 얼마나 나와야 할까요? 41만 2,000 정도가 나와야 합니다. 편당 100원 기준이죠. 이걸 다시 편당으로 나누면 한 편당 조회수가 1,500 정도 나와야 합니다.

사실 조회수가 1,500이라면 무척 높은 수치입니다. 그러나 현재 웹소설을 연재할 수 있는 플랫폼이 굉장히 많습니다. 웹소설을 연재할 수 있는 플랫폼에 전부 작품을 걸었다고 한다면, 그래서 한 플랫폼당 편당 375 정도의 구매수가 일어난다면 가능한 수치입니다. 보통 구매수는 유료 첫 화에서 유료 마지막 화까지 피라미드 구조를 이룹니다. 유료 첫 화의 조회수가 가장 많고 유료 마지막 화로 갈수록 독자들이 떨어져나가기 때문에 조회수가 적어지죠. 300화 기준으로 완결할 때 최종화 조회수가 150 정도 된다면 유료 첫화 조회수는 600 정도가 됩니다. 한 플랫폼만 봤을 때 이렇고, 플랫폼들 서너 개씩을 활용한다면 1년에 2,000만 원 정도의 수익은 충분히 올릴 수 있습니다. 이를 표로 정리해보면 다음과 같습니다.

2017년 서울시 자영업자 월 소득	₩ 1,720,000	
연간 소득	₩ 20,640,000	
작품 전체 매출액	₩ 41,280,000	작가 수익 50%
전체 조회수	412,800	편당 결제 100원 기준
편당 조회수	1,501	300화 완결, 25화 무료
문피아 편당 평균 조회수	375	문피아 시장점유율 25%
최종화 조회수	150	완결 시점 유료 첫 화 조회수 600

리스크의 측면에서는 어떨까요? 창업을 하려면 그것이 치킨집이든 편의점이든 혹은 중화요리점이든 최소 1억 원 정도는 손에 쥐고 있어야 하지 않겠습니까. 그리고 소상공인 창업은 자금과 시간을 다 투자하고 투자금을 회수하기 위해 하루하루를 불안하게 살아야 합니다. 하지만 웹소설 작가는 노트북 하나와 메모리만 있으면 됩니다. 그리고 시간을 투자하는 거죠. 작가는 실패한다 해도 시간만 날리는 겁니다. 그렇기 때문에 투자금이 많이 드는 창업보다는 먼저 1년 정도는 작가 생활을 해보는 게 어떨지 조심스럽게 권유합니다.

겸업할 때 시간이 부족하면 전업도 할 수 없다

겸업작가들은 이런 이야기를 많이 합니다.

"겸업을 하다 보니까 글 쓸 시간이 없어요."

참 미안한 말이지만 겸업을 하는 동안 시간이 부족해서 글을 못 쓰겠다면 절대 전업작가가 되지 마십시오. 글 못 씁니다. 겸업작가였던 사람들이 어느 정도 안정적인 수입을 올린 다음 전업을 합니다. 그리고 나서 하는 말이 있습니다. 어차피 쓰는 분량은 별 차이 없더라는 것입니다. 일하면서 쓰든 놀면서 쓰든 나오는 양은 비슷하더라, 차이가 있다면 전업작가가 되니 몸은 좀 편하더라.

글 쓰는 것도 습관입니다. 일도 해야 하고 가정도 돌봐야 하고, 시간이 부족한 거 인정합니다. 하지만 하루에 5,000자 정도를 쓸 수 있는 습관이 들 때까지 글을 써야 합니다. 전업작가가 여러분의 꿈이라면 꿈을 위해 부족한 시간을 쪼개는 고통 정도는 이겨내야죠.

현재 겸업을 하고 있다면 하나가 터질 때까지 계속 쓰십시오. 가능한 일이지 않습니까. 고정적인 수입이 있기 때문에 글은 얼마든지 쓸 수가 있습니다. 예를 들어, 세 작품을 쓰는데 세 작품 다 고만고만한 성적이라서 전혀 돈이 안 될 수도 있습니다. 그렇지만 네 번째 작품에서 터질 수도 있죠. 아무도 모르는 겁니다.

웹소설 작가들끼리 하는 말이 있습니다.

"어제의 저 사람이 큰 성공을 일으켜서 내일 나를 이길 수가 있다. 성공 못한 작가라고 무시하지 마라. 단 하루 만에 전세가 역전될 수도 있다."

『재벌집 막내아들』은 뜻밖의 좋은 성적을 거뒀습니다. 그런데 제가 4년간의 작가 생활에서 어느 정도 실력이 늘었다 하더라도 그렇게 매출이 크게 늘어난 것을 실력만으로 설명하긴 힘듭니다. 만약『재벌집 막내아들』의 매출을 저의 기본 실력으로 본다면 저는 차기작을 쓸 수가 없었을 겁니다. 그 어떤 작품을 써도 이 정도 매출이 나오는 작품을 쓸 자신이 없거든요.

여기서 제가 얻은 교훈이 있습니다. 어쩌다 메가 히트작이 하나 나온다고 해서 자신을 그 히트작과 동일시하면 안 된다는 겁니다. 영화가 성공하고 실패하는 데는 각각 만 가지 이유가 있다는 말이 있듯, 좋은 성적을 얻은 이유가 '특별히 잘 쓴 작품이라서'라고 생각하진 않습니다. 히트작이 나오는 데는 나의 능력뿐 아니라 외부 영향도 큽니다. 여름에 아이스크림이 잘 팔린다고 해서 여름에 갑자기 아이스크림의 질이 특별히 좋아진 게 아닙니다. 아이스크림은 봄에도 가을에도 팔렸지만 여름의 더운 날씨 때문에 더 팔린 것입니다. 대한민국의 관광·레저·문화 소비 지수는 3월에 확 떨어진다고 합니다. 3월에 갑자기 경기가 나빠지는 게 아니라 각 가정에서 새 학기를 준비하는 데

돈을 많이 쓰기 때문입니다. 문제는 외부 요인이 뭔지 모르기 때문에 히트작을 쓰기가 힘들다는 겁니다.

겸업은 괜찮습니다. 성공할 때까지 쓰십시오. 글쓰기를 좋아하기 때문에 작가가 되려는 거 아닙니까. 좋아하는 일을 즐겁게 하십시오. 계속해서. 생활이 보장되어 있는데 뭐가 두렵습니까. 단지 몸이 좀 피곤하죠. 그게 전부입니다. 하지만 많은 사람이 피곤하게 살고 있습니다. 피곤한데 꿈을 향해 달려가지도 않습니다. 현재 겸업을 하고 있다면 전업작가를 꿈꾸며 성공할 때까지 한번 써보십시오. 열 작품을 써도 안 되면 스무 작품에 도전하는 겁니다. 어떻습니까. 생활이 안정되어 있는데.

가장 큰 문제는 전업작가입니다. 전업을 했는데 고정적인 수입이 들어오지 않으면 문제가 됩니다. 글을 썼는데 쓰는 족족 망합니다. 이제 하루하루 밥벌이가 문제가 됩니다. 이런 분들은 다른 직업을 찾습니다. 적어도 고정적인, 그리고 안정적인 생활을 위해 최소한의 생활비를 벌 수 있는 직업을 찾습니다. 제가 알고 있는 모 작가는 현재 카페에서 아르바이트를 합니다. 그걸로 생활비를 충당하고 저녁에 글을 씁니다. 또 한 명은 식당도 운영합니다. 그렇게 잘되진 않습니다. 하지만 고정적인 생활비가 들어오니까 즐겁게 작가 생활을 할 수 있는 겁니다.

전업한 작가도 글을 쓰기 위해, 생활비를 벌기 위해서 겸업으로 다시 돌아섭니다. 하물며 현재 겸업 중이라면 두려워할 필요가 뭐가 있겠습니다. 언제든 터질 수 있습니다. 열 작품, 스무 작품 후에, 혹은 20년 후에 터질 수도 있습니다. 그때까지 못 기다리겠다면 지금 하고 있는 일에만 집중하십시오. 어쩌겠습니까. 인내심이 그거밖에 안 되는데.

글 쓰는 시간을 확보하는 법

작가들 중에는 결혼을 한 사람도 있고 하지 않은 사람도 있을 겁니다. 두 가지 경우에 대해 몇 가지 조언을 드리고 싶습니다.

먼저 가정이 없는 싱글에 대한 조언입니다. 지금 이 책을 보고 있는 싱글 작가들은 일단 휴대전화에 깔아놓은 게임과 SNS 어플을 싹 다 지우십시오. 당연히 노트북에 깔린 게임도 다 지워야 합니다. 글을 써야 하는데 친구가 술 한잔하자고 전화가 옵니다. 못 간다고 하십시오. 친구를 버릴 수 없고 인간관계를 깰 수 없다고요? 작가로 자리 잡을 때까지만 인간관계를 웬만하면 끊으십시오. 자리 잡고 난 뒤에 다시 만나도 됩니다. 진정한 친구라면 지금 당장 술 한잔 같이 안 해도 꿈을 위해 전력을 다해 나아가는 친구를 얼마든지 기다릴 수 있을 겁니다.

가장 힘든 경우는 전업작가인데 가정이 있는 경우입니다. 돌봐야 할 가족이 있고 자식도 있습니다. 일단 유부남, 유부녀 작가들에게 경외를 표합니다. 참 힘든 거, 제가 잘 알고 있습니다. 사실 작가는 외부에서 볼 때는 지금 일을 하고 있는 건지 노는 건지 분간이 잘 안 갑니다. 노트북 하나만 달랑 켜놓고 가만히 앉아 있는 경우가 허다하거든요. 생각하느라.

노트북 하나 켜놓고 가만히 앉아 있으니 그다지 힘들어 보이지도 않습니다. 게다가 작가는 자영업자이면서 사장이기도 합니다. 시간을 언제든지 낼 수 있다는 말이죠. 이렇다 보니 아내나 남편 입장에서는 수시로 집안일을 도와달라고 하게 됩니다. 애도 좀 봐줘야 하고, 애 데리고 병원도 가야 하고, 유치원 보낸 애 데리러도 가야 합니다. 하루 종일 집에서 글만 쓰고 있는 것 같은데 왜 집안일을 안 하고 앉아만 있느냐고 잔소리까지 합니다. 아내나 남편을 전업작가가 아닌 전업주부로 보는 것입니다.

회사원을 한번 생각해봅시다. 회사원은 정시에 출근하고 정시에 퇴근하죠. 아이가 아프다고 회사에 나가 있는 남편더러 병원에 좀 데려가달라는 소리 안 합니다. 출근한 아내에게 집안일을 하러 빨리 들어오라고 이야기하는 남편도 없습니다.

결혼한 분들, 자식과 가정이 있는 분들은 집과 일터를 명확히 구분하기 바랍니다. 감히 조언하자면 아침에 노트북을 들고 집을 나오십시오. 장소와 시간의 구분은 필수입니다. 회사원들이 하듯이, 출근하듯 집에서 나와서 카페에 가든 별도의 사무실에 가든 오피스텔을 하나 구해서 작업실로 쓰든, 무조건 나와야 합니다. 오롯이 글에만 집중할 수 있는 장소로 가야 합니다. 사실 한 문장을 쓰다가 옆에서 누가 조금이라도 방해를 하면 그 문장은 안 쓴 것과 똑같습니다. 다시 써야 한다는 거죠. 이런 일이 계속 반복되다 보면 하루에 5,000자를 써야 하는 웹소설 작가는 연재가 불가능해집니다. 가정과 일의 분리, 이것만큼은 꼭 지켜야 합니다.

지금까지 겸업이냐 부업이냐, 가정이냐 일이냐, 혼자 사는 싱글 작가냐 결혼한 작가냐, 여러 가지 경우에 대해 말씀드렸습니다. 어떤 상황에 처해 있든 가장 기초가 되는 것은 딱 하나 있습니다. 하루도 빠지지 않고 글을 쓸 것, 그리고 하루도 빠지지 않고 글을 쓰기 위해서는 그 조건과 환경을 여러분 스스로가 만들어야 한다는 것. 다른 사람의 눈치를 보지 말고, 미안하지만 가족에게도 일을 해야 한다는 말을 하고 밖으로 나오십시오. 그래서 매일 5,000자 이상을 쓰고 하루도 빠짐없이 소설을 연재하십시오. 그것이 웹소설 작가가 해야 할 일이며 의무입니다.

전업작가를 고민 중이라면

1. 부업에서 전업으로 넘어가는 시기는 쌓인 구작들이 안정적인 수입을 벌어줄 때다.

2. 직업이 있다면 최대한 버티면서 겸업한다.

3. 창업과 전업작가 중에서 고민한다면 1년 정도 먼저 작가 생활을 해본다.

4. 인내심을 갖고 성공할 때까지 쓴다.

5. 게임이나 친구 등 시간이 뺏기는 일은 차단한다.

6. 글 쓰는 시간과 공간을 분리해서 시간을 확보한다.

16

하루도 쉬지 말고
주 7회 연재하라

지금부터는 연재를 시작할 때 주의해야 할 점을 설명하겠습니다. 저는 이것을 꼭 지켜야 할 규칙이자 최고의 연재 방법이라고 생각합니다.

단 하루도 쉬지 말고 매주 주 7회 연재하십시오. 여러분은 직장인과 다르게 한 작품을 완결하고 나면 꽤 긴 시간을 쉴 수 있습니다. 1년 중에 주말과 공휴일을 합치면 보통 120일가량 됩니다. 4개월이죠. 직장인은 1년에 4개월 정도를 띄엄띄엄 쉰다면 여러분은 주 7회 연재하고 4개월을 몰아서 쉬십시오. 직장인들이 가장 부러워하는 점이기도 합니다.

주 7회 연재가 베스트라면 굿 정도 되는 건 주 5회 이상입니다. 주말에는 쉬는 대신 평일 5일은 칼같이 연재를 해야 합니다. 그럭저럭 연재를 한다는 이야기를 들으려면 주 3회 이상은 되어야 합니다. 다만 주 3회를 연재하는 사람이 흥행, 연독률을 지키려면 정말 압도적인 퀄리티로 독자들을 끌고 가야 할 정도가 되어야 합니다. 굉장한 팬덤을

형성하지 않으면 주 3회로는 좋은 성적을 기대하기 어렵습니다.

　사정상 직장을 다니거나 다른 일 때문에 주 3회 이하로밖에 글을 쓸 수 없다면 연재를 시작할 때 곧바로 글을 올리지 말고 최대한 비축해놓으십시오. 특히 무료연재 초기에는 매일 연재하지 않으면 조회수가 반토막 납니다. 유료연재로 넘어왔을 때는 주 3회 정도를 연재해도 이미 독자층이 굉장한 충성도를 보이기 때문에 그나마 연독률을 지킬 수가 있습니다. 하지만 여전히 저는 주 5회 이상 연재가 필수라고 생각합니다.

한 화당 5,000자 이상, 10권 정도를 써라

　한 편당 글자수에 관해서도 주의할 점이 있습니다. 글자수는 현재 기준 한 화당 5,000자 이상입니다. 이 기준은 플랫폼별로 차이가 거의 없습니다. 그런데 글을 쓰다 보면 5,000자로 딱 끊을 수가 없죠. 그래서 5,200자나 5,300자에서 5,500자, 심지어 6,000자까지 쓸 수가 있습니다.

글자수는 작가마다 조금씩 편차가 있습니다. 제 경우는 5,300자에서 5,500자 사이에서 끊습니다. 어떤 작가는 7,000자 이상을 한 회에 쓰기도 합니다. 아무래도 유료 독자들은 긴 글을 좋아합니다. 같은 돈을 주고 많은 양을 구매하는 듯한 기분이 들거든요. 하지만 글자수가 많다고 해서 무조건 좋은 건 아닙니다. 양만 많을 뿐 맛이 없다면 누구나 싫어합니다. 5,500자든 6,000자든 혹은 7,000자든 한 편에 얼마나 풍성한 이야기가 담겨 있는지, 얼마나 속도감 있게 전개되는지, 얼마나 재미있는 에피소드가 들어 있는지가 중요한 겁니다.

댓글이 바로 그 글의 퀄리티를 말해줍니다. 퀄리티가 떨어지면 '편당 7,000자, 8,000자인데 내용이 아무것도 없네', '일기는 일기장에나 쓰세요'라는 댓글이 달립니다. 반면 5,000자인데 굉장히 재미있고 속도감 있다면 '너무 짧아요. 더 써주세요'라는 댓글이 달립니다. 글자수가 5,000자라서 너무 짧다는 게 아니라 그만큼 몰입해서 금방 읽었다는 뜻입니다. '다음 편 빨리 주세요, 숨넘어가요' 같은 작가들에게 가장 힘을 주는 댓글이 달리는 거죠. 이런 댓글이 달린다면 5,000자를 쓰더라도 굉장히 많은 내용이 들어가 있다는 뜻입니다.

제 개인적인 생각으로는 마지막 장면이 그 편의 핵심입니다. 기승전결을 이루지는 않을지라도 매 화 마지막 장면은 정말 신경을 많이 써서 가장 극적인 장면에 끊거나 가장 극적인 대사가 등장할 때 끊어야 합니다. 그래야 독자들이 다음 화를 기대합니다.

만약 가장 효과적인 장면이나 가장 재미있는 대사에서 한 화를 끝냈는데 글자수가 채 5,000자가 안 됐다면? 그러면 5,000자 이상을 쓰기 위해 자른 부분의 뒷이야기를 쓰지 말고, 중간에 다른 내용을 보충해서 5,000자를 만드십시오. 한 편당 5,000자 이상은 무조건 써야 하니까요. 반대로 마무리를 했는데 글자수가 좀 많다, 그럴 경우에는 그 편을 다시 보면서 필요 없는 부분을 걷어내어 더 정제된 글을 만드십시오.

'한 작품을 쓸 때 과연 몇 편에서 완결을 해야 하나' 하는 것도 고민입니다. 몇 번 말씀드렸지만 웹소설은 길수록 좋습니다. 내용이 재미있든 재미없든, 흥행에 성공했든 성공하지 않았든 수익의 측면을 본다면 편수가 길수록 비교적 유리합니다.

그런데 하한선도 있습니다. 만약에 5권으로 끝냈다고
해봅시다. 아주 재미있는 내용이라도 연재할 때는 꽤 많은
사람들이 볼지 모르지만 완결하고 나면 사람들이 별로 보
지 않습니다. 의외로 웹소설을 즐겨 보는 독자들은 10권
정도를 적정한 편수라고 생각합니다. 그래서 제가 생각하
는 하한선은 250편, 즉 10권입니다.

여기서 주의해야 할 점이 있습니다. 10권을 채우기 위해
억지로 글을 끌고 가는 경우가 있는데 글이 늘어지면 독자
는 무조건 이탈합니다. 특히 초반부에 글이 늘어지면 유료
로 넘어가기 전에 독자들이 다 이탈해버립니다.

만약 여러분이 신인이고, 최소 200화나 250화를 채울
자신이 없다면 글을 늘려 쓰지 말고 좀 줄이십시오. 처음
이니까요. 제 유료 첫 작품인 『비따비』는 6권 완결이었습
니다. 처음에는 6권을 쓰고 그다음 작품은 8권을 썼습니
다. 이런 식으로 차기작을 쓰면서 글을 좀 더 길게 쓰는 방
법을 익힐 수 있습니다. 그렇게 해서 웹소설에 가장 최적
화된 스타일과 편수를 만들어야 합니다.

반응이 없어도 버티는 자가 승리한다

자, 이제 여러분의 작품이 처음으로 독자와 만나는 시간입니다. 바로 첫 연재를 시작하는 것이죠. 첫 연재를 시작하면 매 시간, 매 분, 플랫폼 사이트에 접속해서 조회수를 확인합니다. 몇 명이 봤는지, 댓글이 하나라도 달렸는지, 이때만큼 새로고침을 위해 F5 자판을 열심히 두드린 적도 없습니다. 누구나 다 그렇습니다. 저도 그랬어요. 한 편 올리고 1분마다 들어가서 조회수가 1 오를 때마다 굉장히 기뻐했습니다. 조회수 1에, 댓글 하나에, 선호작 등록 하나에 정말 기분이 좋죠. 단 한 명이 들어와서 글을 읽고 재미있다고 댓글 달아주고 앞으로도 보겠다고 선호작으로 등록해주었는데도 날아갈 것 같습니다.

'혹시 이 작품이 대박 날지도 몰라' 하면서 은근한 기대를 가지게 됩니다. 상상의 나래를 펼치죠. 나도 베스트 1위에 올라가고 유료로 넘어가서 대박을 치고 인기 작가가 될 수 있을지 몰라. 이때는 온갖 상상을 다 하고 들떠 있는 시기이기 때문에 사실 첫 연재할 때의 주의할 점을 제가 아무리 떠들고 강조해도 여러분은 듣지 않을 확률이 굉장히 높습니다. 그러나 어차피 실천은 듣는 사람의 몫이니까 저는 묵묵히 말씀드리겠습니다. 첫 연재를 시작한 사람들의 유형을 보며 주의할 점을 알아보겠습니다.

첫 번째 유형은 첫 연재를 하고 성적이 좀 안 나온다고 해서 바로 접는 경우입니다. 아마추어라면 괜찮습니다. 그렇지만 만약 전업작가를 희망한다면 최소 150화는 써야 합니다. 완결해야 한다는 이야기죠. 첫 연재를 완결하지 못하면 두 번째 연재도 중간에 접을 확률이 굉장히 높습니다. '몇 달 동안 한 권 이상을 썼는데 아무래도 유료화의 견적이 나오지 않는다. 그래서 이 작품을 접고 새로 써야겠다. 왜냐하면 나는 프로작가이고 전업작가이기 때문에.' 이런 생각을 가진다면 첫 작품은 영원히 완결로 치닫지 못합니다. 첫 작품은 무조건 완결이 목표입니다. 그것도 유료화 완결이 목표입니다. 여러분이 지금까지 단 한 번도 가본 적 없는 길이죠. 그 길을 가보는 겁니다.

무료연재는 안 됩니다. 무료연재는 아마추어의 영역이거든요. 전업작가를 생각한다면 무조건 유료로 돌리십시오. 유료 조회수가 0이 나와도 좋습니다. 유료연재를 하십시오. 그래야 프로작가입니다. 프로는 완제품을 팔아야 합니다. 그렇기 때문에 완결을 써야 합니다. 여러분 작품의 유료 구매수가 제로라 하더라도 아무도 욕하지 않습니다. 대부분의 사람들은 대단하다고 생각할 겁니다. 아무도 보지 않는 작품을 유료로 전환해서 완결까지 썼으니 말입니다. 진정한 프로작가죠. 이 정도 되면 제가 장담합니다. 매니지먼트사에서 연락 옵니다. 대단한 작가라고 말이죠.

두 번째로 이런 생각을 하는 분들이 있습니다. 일단 첫 작품은 어차피 유료화 성적이 안 되니까 무료로 완결을 하고 나를 알아봐주는 독자들을 몇 명 만든 뒤에, 즉 내 팬을 형성한 뒤에 두 번째부터 유료연재를 시작하겠다, 이런 마음으로 글을 쓰는 분들이 있습니다.

하지만 웹소설도 엄연히 돈을 내고 사는 상품입니다. 과거에 무료 시식을 좀 했다고 해서 맛없는 제품을 의리로 사주는 소비자는 없습니다. 혹시 여러분이 무료로 올린 글들이 아직 플랫폼에 남아 있다면 빨리 내리십시오. 그 글들이 남아 있는 한 여러분은 아마추어입니다. 전업작가도 아니고 프로작가도 아닙니다. 남아 있는 그 무료 작품들을 보면서 독자들은 생각합니다. '이 사람은 예전에 무료로 하더니 이젠 유료로 하네, 돈독이 올랐나.' 혹은 조회수가 얼마 안 나온 무료 작품을 보면서 '어, 이 작가 예전에 성적이 별로 안 좋네. 글을 잘 못 쓰나'라고 생각할 겁니다. 무료로 연재를 하다가 중간쯤 돼서 접은 작품이 있다면 그것을 보는 순간 독자들은 '아, 이 작가는 쓰기 힘들면 중간에 그만두는구나'라고 생각합니다. 적어도 여러분의 '흑역사'를 독자가 알아서는 안 됩니다.

세 번째 유형은 초반 10화에서 15화 정도까지 쓰고 반응이 영 시원찮고 가능성이 없어 보이면 바로 접자고 생각하는 경우입니다. 의외로 첫 작품인데도 이렇게 생각하는 분들이 많습니다. 제 두 번째 작품인 『신의 노래』는 20화 무료 조회수가 200 정도밖에 안 나왔습니다. 특히 이 작품을 쓸 때는 제가 전업작가의 가능성을 타진할 때라서 굉장히 신중했지만 결국에는 완결까지 썼고, 중간에는 성적이 좋았습니다.

참고 버티는 겁니다. 모 작가는 무려 100편을 무료연재했습니다. 4권 분량이죠. 4권 분량을 정말 꾸역꾸역 쓴 겁니다. 보통은 50화 정도 쓰고 반응이 안 좋으면 접죠. 그런데 이 작가는 100화까지 썼습니다. 그리고 100화 뒤에 유료전환을 했습니다. 지금 이 작가는 굉장히 성공적인 작가의 삶을 살고 있습니다.

첫날 프롤로그를 올리고 나서, 혹은 1화로 아주 짧은 글을 올려놓고 '왜 독자들이 내 글을 안 볼까'라고 머리 싸매지 마십시오. 안 봅니다. 왜? 글의 내용이 하찮아서도 아니고 내용이 재미가 없어서도 아닙니다. 분량이 적기 때문입니다. 개업을 했으면 상품을 쫙 깔아놔야죠. 최소 4화에서 5화 정도의 분량을 준비하십시오. 반응이 없을 때도 꾹 참고 밀고 나가야 합니다. '지금까지 몇 작품을 썼냐'고 물어보면 완결한 작품 수만 이야기하는 사람이 진짜 작가입니다.

실패하지 않는 연재의 기술

1. 주 7회 연재가 베스트, 주 5회 이상은 굿, 최소 주 3회 이상 연재를 해야 한다.

2. 매 화 5,000자 이상을 쓰되, 마지막 장면에 특히 신경 쓴다.

3. 최소 250편, 즉 10권을 쓰는 게 좋지만 신인이라면 천천히 늘려간다.

4. 전업작가를 희망한다면 최소 150화는 써서 반드시 완결한다.

5. 처음 연재할 때는 최소 4화에서 5화 정도의 분량을 준비하고 반응이 없어도 끌고 간다.

17

독자와 함께
나아가는 길

연재는 독자와의 약속이며 작가의 의무입니다. 주 3회 연재해도 좋습니다. 그런데 독자에게 '나는 주 3회 연재하겠다'고 약속하는 순간 하늘이 무너져도 주 3회 연재를 하십시오. 비가 오나 눈이 오나, 몸이 아프더라도 연재를 하고 연휴가 있어도 연재를 하십시오. 만약 주 5회 이상 연재하겠다고 했다면 주말 빼고 평일에는 무조건 연재해야 합니다. 여러분이 그 어떤 변명을 대더라도 독자에겐 통하지 않습니다. 독자들은 여러분의 글이 주 5회 올라온다고 기대하고 있습니다. 아니면 주 3회를 꼭 보기 위해 기다리고 있습니다.

기다림과 기대를 배신하는 것은 독자에 대한 기만이고, 독자는 배신당하는 바로 그 순간 떠나갑니다. 작가도 직업입니다. 직장을 다니면서 이런 저런 이유로 툭하면 출근을 안 하는 사람은 거의 없습니다. 몸이 안 좋아서 출근을 안 한다고요? 직장인이 출근을 안 할 정도로 몸이 아플 때는 정말 아픈 겁니다. 그래야 회사에서 이해를 해줍니다. 몸이 아파서 결근을 했어도 직장인은 그다음 날 상사에게 가서 머리 숙이는 경우도 있습니다. 갑자기 결근해서 죄송하다고 말이죠.

연재 약속을 지키지 않고 단 하루라도 펑크를 낸다면 독자에게 사과해야 할 일입니다. 혹시나 감기몸살이 심해서 도저히 글을 쓸 수 없어 하루 병원에 갔다고 칩시다. 링거도 맞고 약도 먹어서 컨디션이 나아졌다면 그다음 날은 두 편 정도를 올리십시오. 어제 펑크 냈던 한 편을 그다음 날 채우는 겁니다.

성실한 연재로 신뢰를 쌓아라

독자들이 작가 산경을 믿는 이유는 작품의 질도 재미도 아닙니다. 적어도 산경은 연재를 시작하면 완결까지 가겠구나 하는 신뢰입니다. 그 믿음 때문에 제가 연재를 시작하면 처음부터 함께하는 독자가 굉장히 많습니다. 요즘 워낙 연재를 중단하는 작가도 많아지고 연재가 불규칙한 작가도 많아졌습니다. 웹소설 시장이 활황이다 보니까 많은 아마추어들이 작가 생활을 시작했기 때문이죠. 신인작가의 작품을 처음부터 함께하는 독자는 많지 않습니다. 왜냐하면 아직 신뢰가 쌓이지 않았기 때문이죠. 믿을 수가 없습니다. 이 작가가 언제 연재를 중단할지, 이 작가의 연재가 언제 불규칙해질지.

앞으로 적어도 10년간 글을 쓸 작정이라면, 여러분의 필명 앞에 수식어 하나가 붙어야 합니다. '대박 작가, 히트 작가'가 아니라 '성실 연재 작가'입니다. 사실 매니지먼트사나 출판사도 '원히트원더(one-hit wonder, 하나의 작품만 흥행을 거둔 아티스트)'는 별로 좋아하지 않습니다. 꾸준하고 성실한 작가를 좋아하죠. 그런 작가는 나중에 비록 다른 회사와 계약을 하더라도 신작을 계속 낼 것이라고 믿을 수 있고, 그러면 매니지먼트사가 가지고 있는 구작도 꾸준히 팔린다는 걸 회사들은 잘 알고 있기 때문입니다.

제가 5년 전에 첫 유료연재를 시작할 때 저와 순위를 다퉜던 여러 작가 중에 남아 있는 작가는 몇 명 없습니다. 대부분 중간에 사라집니다. 재능이 없어서, 비전이 보이지 않아서 그만두는 작가도 많겠지만 더는 글을 쓸 수가 없어서 떠난 사람도 많습니다.

왜 글을 쓸 수가 없을까요. 이런저런 핑계로 글을 쓰다 말다 하다가 연재를 중단하거나 불규칙한 연재를 하다 보면 결국에는 쓰지 않게 됩니다. 연재 중단의 마지막은 글을 접는 것입니다. 작가 스스로가 말이죠. 어른들이 보통 이렇게 말하죠. 백수 생활이 길면 다시 일할 때 적응 못한다고요. 작가도 마찬가지입니다. 쉬는 기간이 길어지면 길어질수록 글을 다시 쓰는 것이 굉장히 힘들어집니다.

작가는 글을 쓰지 않으면 백수입니다. 여러분은 지금 백수와 직장인의 중간에 서 있습니다. 글을 쓰면 직장인, 글을 쓰지 않으면 백수. 자, 아침에 일어나서 출근하는 직장인을 생각해보십시오. 그들은 '지옥철'을 타고 만원 버스를 타고 한 시간 이상 걸려서 직장으로 출근합니다.

여러분은 아침에 눈을 뜨면 물 한잔 마시고 바로 노트북을 켜십시오. 노트북의 덮개를 여는 순간 여러분은 출근을 한 것입니다. 그리고 그 출근은 반드시 꾸준히 지켜야 하는 자신과의, 그리고 독자와의 약속입니다. 이것이 연재를 할 때 꼭 지켜야 할 성실한 태도입니다.

댓글보다 조회수의 변화를 주시하라

연재가 계속 쌓이다 보면 댓글이 달리기 시작합니다. 공격적인 댓글도 있고 칭찬하는 댓글도 있죠. 그런데 의외로 공격적인 댓글은 작품이 재미있을 때 좀 더 많이 달립니다.

요즘은 댓글 공격도 예전과 차원이 다릅니다. 굉장히 지능적인 댓글의 예를 하나 소개하겠습니다. 이 댓글러는 수십 화 연재할 때까지 기다립니다. 보통 20편에서 30편이죠. 그때까지 작품을 꼬박꼬박 읽습니다. 30편까지 다 읽고 1화에 댓글을 답니다. 혹은 프롤로그에 댓글을 답니다.

'저는 30화까지 보고 댓글 답니다. 이 글 보는 건 시간낭비입니다. 30화까지의 내용은 이러저러하고 개연성도 없고 주인공의 행동도 맞지 않고 이러저러한 이상한 에피소드가 있습니다.'

이렇게 스포까지 하는 댓글을 다는 겁니다. 여러분도 작품에 대한 이런 댓글들을 봐야 합니다. 당연히 쌍욕을 하는 댓글도 있고 인신공격을 하는 댓글도 있습니다. 하지만 명심하십시오. 이런 댓글은 여러분의 감정을 상하게 할 뿐입니다.

모바일로 웹소설을 읽기 시작한 이후로 사실 댓글을 보려면 한 번 더 터치해서 들어가는 추가적인 행위가 필요해졌습니다. 더 불편해진 거죠. 그래서 사람들은 대부분 댓글을 보지도 않고 다 읽지도 않습니다. 『재벌집 막내아들』의 경우 240화의 유료 조회수가 3만인데 추천수가 2,500, 댓글이 258개입니다. 이 수치를 보면 독자의 0.1퍼센트만 댓글을 단다고 볼 수 있습니다. 그 댓글들도 90퍼센트는 '잘 읽었다, 건필' 정도의 예의 있는 댓글이고, 0.001퍼센트 정도가 글에 대한 반응입니다. 즉 대부분의 독자들은 댓글을 잘 달지도 않고 쓰지도 않고 읽지도 않습니다.

작가는 댓글 반응으로 판단하기보다는 냉철하게 수치화해서 자신의 작품을 평가해야 합니다. 그래서 작가가 유의해서 봐야 할 부분은 바로 조회수의 변화입니다. 조회수가 뚝뚝 떨어진다는 것은 독자가 흥미를 잃고 있다는 증거입니다. 흥미를 잃는 이유는 여러 가지가 있겠으나 가장 큰게 지루함입니다. 작품이 지루해지면 '나중에 좀 더 진도가 나가면 봐야지' 하고 묵히는 독자들이 생깁니다. 그러니 무조건 전개 스피드를 올리십시오. 그리고 댓글에 휘둘리지 마십시오.

제가 첫 작품 『비따비』를 쓸 때의 에피소드를 말씀드리 겠습니다. 이야기가 거의 끝나갈 무렵 주인공의 회상 신이 나왔습니다. 회상하는 것으로 다섯 편 정도 쓸 것을 예상 하고 회상 신을 쓰기 시작했죠. 그런데 이때 댓글은 정말 대동단결했습니다. 이야기가 여기까지 진행됐는데 무슨 뒤늦게 회상 신이냐, 스킵하고 빨리 진도나 빼라. 그래서 다섯 편 쓸 내용을 세 편으로 줄였습니다. 그냥 세 편으로 줄이고 그대로 이야기를 진행해나갔으면 사실 아무런 문 제가 없었을 겁니다. 그런데 제가 세 편으로 줄인 뒤에 댓 글을 달았습니다.

'원래 회상 신을 다섯 편 정도로 생각했는데 여러분이 줄이라고 하셔서 세 편으로 줄였습니다.'

이 댓글을 달자마자 이번에는 다른 의견의 댓글이 폭발 했습니다. 나는 작가의 글을 보고 싶었던 거지 독자가 원 하는 글을 보고 싶었던 게 아니다, 왜 5화 쓸 내용을 3화로 줄이느냐, 당신이 작가냐.

그때는 저도 신인작가였던지라 댓글에 어떻게 반응해야 할지 잘 몰랐습니다. 그래서 이번 기회를 통해 제가 여러 경험을 하며 깨달은, 실수 없이 답댓글을 다는 방법을 알려드리겠습니다.

누군가 분명 여러분의 작품을 읽고 오탈자를 지적할 겁니다. 그럴 때는 간단하게 '감사합니다. 수정했습니다' 정도의 댓글만 다십시오. 나머지 댓글에 대해서는 답댓글을 달지 마십시오. 첫 연재이기 때문에 댓글 하나하나가 감사할 겁니다. 글의 전개를 예측하는 사람도 있고, 이해가 안된다고 물어봐주는 사람도 있을 거예요. 거기에 일일이 댓글을 다는 작가가 있습니다. '독자님의 예상은 틀렸습니다. 다른 방향으로 갈 겁니다' 혹은 '이해가 안 되는 분은제가 자세히 설명해드리죠' 하고 댓글을 쓰기 시작합니다. 그러나 여러분의 작품은 본문에 써야 합니다. 작품의 내용을 댓글에 쓰면 안 되죠. 단 한 자라도 작품에 관한 내용을댓글에 쓰는 순간 독자들은 여러분을 작가로 인정하지 않습니다.

가장 기쁘고 설레는 게 첫 연재입니다. 유료화 진입에성공했다면 더 흥분될 것입니다. 그렇지만 댓글과 조회수에 일희일비하지 말고 묵묵히 여러분 머릿속에 든 재미있는 이야기를 여러분만의 방식으로 풀어나가십시오. 그렇

게 해서 작품을 완결했을 때 여러분은 드디어 프로작가의
첫발을 내디딘 겁니다.

독자와의 신뢰를 구축하는 법

1. 독자와의 연재 약속은 반드시 지킨다.

2. 한 번 시작한 작품은 중간에 끝내지 않는다.

3. 댓글에 휘둘리지 말고 조회수의 변화를 보며 속도를 조절한다.

4. 작품 내용에 대한 댓글은 절대 쓰지 않는다.

18

웹소설이
드라마가 되기까지

웹소설의 드라마화. 듣기만 해도 굉장히 기분 좋죠. 설레는 말이기도 합니다. 드라마가 웹소설보다 상위 콘텐츠란 뜻이 아닙니다. 자신이 쓴 웹소설이 전 국민이 볼 수 있는 드라마를 만들 정도의 콘텐츠가 된다고 인정받는 것이기 때문에 기쁜 것입니다. 드라마 제작사들은 웹툰에 이어 웹소설에 눈을 돌리기 시작했습니다. 그런데 드라마가 되려는 웹소설은 꼭 갖추어야 할 요건이 몇 가지 있습니다. 지금부터 제작사가 웹소설을 드라마화하는 과정을 보면서 그 요건을 알아보겠습니다.

드라마화가 되는 험난한 과정

매일같이 수백 수천 편씩 쏟아지는 웹소설을 제작사가 전부 챙겨 볼 수는 없습니다. 그렇기 때문에 드라마 제작사들이 웹소설을 선택하는 첫 번째 단계는 바로 히트작을 보는 것입니다. 많은 웹소설을 다 볼 수 없기 때문에 각 플랫폼의 상위권에 있는 작품, 그중에서도 압도적으로 우위에 있는 메가 히트 작품만 챙겨 봅니다. 그렇게 그물망에 걸린 메가 히트 작품을 꼼꼼히 읽어보면서 과연 제작이 가능할지, 제작의 용이성을 따져봅니다.

이미 많은 웹소설이 드라마화되었죠. 그런데 드라마화된 웹소설은 거의 로맨스물입니다. 그 이유는 바로 제작의 용이성 때문입니다. 웹소설에는 드라마화되기 곤란한 요소들이 굉장히 많습니다. 현대물 중에서도 게이트가 열리고 몬스터가 나오는 경우가 많습니다. 도시가 파괴되고 초능력이 등장합니다. 혹은 대규모 군중 신이 나옵니다. 이런 장면이 나오는 순간 드라마 제작사는 첫 문장만 읽고 접습니다. 절대 못 만들기 때문이죠. 드라마 제작비가 편당 얼마나 된다고 이런 걸 구현하겠습니까. 그리고 작가와 제작사의 시각은 굉장히 다릅니다. 작가의 입장에서는 '이 정도는 충분히 드라마로 구현하지 않을까' 하고 생각합니다. 예를 들어, 고층빌딩에서 누군가 획 하고 뛰어내려서 안전하게 착지하는 장면. 그런데 실제로 이런 장면을 드라마로 만들려면 엄청난 돈이 들어간다고 합니다.

제 작품 중에서 『비따비』는 4년 전에 판권계약을 했고 『재벌집 막내아들』은 작년에 판권계약을 했습니다. 판권계약을 한 두 작품의 공통점이 뭘까요? 배경이 대부분 사무실, 회의실, 집, 호텔, 레스토랑 등에 한정되어 있다는 점입니다. 제작사의 의견으로는 CG도 별로 없고 세트장 하나 지어서 한쪽은 회의실, 한쪽은 집, 한쪽은 레스토랑, 이렇게 만들면 드라마 제작이 가능하다고 합니다. 대규모 군중 신도 없습니다. 등장인물이라고 해봤자 서너 명이 나와서 회의실에서 회의하는 게 전부입니다. 즉 제작비 부담이 굉장히 덜하다는 거죠. 이것이 판권을 계약하는 데 가장 큰 요인이 된 것 같습니다.

메가 히트작이고 제작비도 허용 범위 안에 들어오는 작품이 있다고 해봅시다. 그러면 이제 3단계로 넘어갑니다. 제작사 스태프들이 모여서 '이 웹소설을 드라마화할지 말지' 진지하게 논의하는 단계입니다. 이제부터는 재미와 흥미만 따지는 거죠. 이미 드라마로 제작하는 데 크게 어려움은 없다는 걸 아니까요. 그런데 스태프들이 작품을 읽어보고 "별로 재미없네", "그렇게 썩 당기지 않는데" 혹은 "국민 정서에 맞지 않는데", "주된 시청자 층을 벗어났는데"라고 말하는 순간 아웃입니다. 여러분의 작품이 전 플랫폼을 휩쓸고 조회수 2만, 3만을 찍어도 스태프 중 몇 명이 "이거 별론데" 하는 순간 드라마화가 안 된다는 겁니다. 그만큼 드라마화된다는 것은 굉장히 먼 길을 가야 하는 일입니다.

판권계약을 했다고 꼭 드라마가 되는 건 아니다

바늘구멍 같은 스태프 회의까지 통과했다고 해봅시다. 드라마 제작사는 여러분의 웹소설을 드라마로 만들기로 결정했습니다. 그러면 이제 마지막 단계가 남았습니다. 바로 판권 계약입니다. 웹소설의 판권을 사서 드라마를 만들어야 하는데요. 이때 판권료를 지불합니다. 그리고 계약서에는 '판권을 사는 순간부터 시작해서 3년 혹은 5년 이내에 공중파 혹은 케이블 방송에 송출된다'라는 항목이 들어갑니다. 3년이 될 수도 있고 5년이 될 수도 있습니다. 만약 계약기간인 3년 혹은 5년 동안 드라마를 만들지 않으면 제작사는 그냥 판권료만 날리는 겁니다. 3년 혹은 5년 뒤에 작가는 그 작품을 다른 제작사에 다시 팔 수 있습니다.

자, 이제 계약도 했고 판권료도 받았으니까 남은 것은 제작사에서 드라마를 제작하는 것입니다. 만약에 드라마를 제작해서 방송을 하고 그 드라마가 흥행한다면 원작이 팔리는 효과도 발생합니다. 이것이 드라마화의 가장 큰 이익입니다. 그런데 적게는 수백만 원, 많게는 수천만 원을 주고 산 저작권의 원작이 방송사 캐비닛에 그대로 잠들어 있습니다. 굉장히 많은 작품이 그렇습니다. 사실 대부분은 판권계약을 해놓고도 드라마로 만들지 않습니다.

제 첫 작품인 『비따비』는 모 공중파 계열의 제작사와 계약을 했습니다. 계약 내용 중에 '비밀조항'이 있기 때문에 방송사 이름은 밝히지 않겠습니다. 판권을 계약한 지 4년이 넘었습니다. 계약기간이 5년이니 아마 올해가 지나면 판권 계약이 종료될 겁니다. 결국 『비따비』는 드라마화되지 않은 겁니다.

또 한 가지 알아야 할 게 있습니다. 작가는 절대 드라마가 원작과 다르다 해서 제작사에 이의를 제기할 수 없습니다. 등장인물의 역할이 바뀌거나 아예 성별이 바뀔 때도 있습니다. 없던 캐릭터가 등장하고 작가가 굉장히 애지중

지했던 캐릭터가 사라질 수도 있습니다. 하지만 드라마 계약을 하는 순간, 여러분은 드라마가 어떻게 나오든지 단한마디도 이의를 제기할 수 없습니다.

예를 하나 들어보겠습니다. 아주 재미있는 예인데요. 홍상수 감독의 「돼지가 우물에 빠진 날」이라는 영화는 소설의 판권을 사서 만든 영화입니다. 원작자는 그 영화를 보고 나오면서 홍상수 감독에게 딱 한마디를 했다고 합니다. 도대체 내 소설의 판권을 왜 샀냐고 말이죠. 제목 외에는 전혀 다른 내용이었기 때문입니다. 그렇다고 해도 원작자는 이의를 제기할 수 없습니다. 원작자의 수익은 판권료뿐입니다.

계약과 동시에 원작자의 역할은 아무것도 없습니다. 어쩌다 제작사에서 약간의 자문이나 조언을 구할 때가 있습니다. 그때는 기꺼이 나서서 해드려야죠. 아주 드문 경우긴 하지만 원작자가 명성이 높은 대작가라면 수익 인센티브를 요구할 수 있습니다. 몇몇 작가가 떠오를 겁니다. 그런 작가라면 판권료에 더해 수익 인센티브까지 거둘 수 있습니다.

자신의 작품이 드라마화된다는 것은 가슴 뛰는 일입니다. 간혹 글을 쓰는 목적이 드라마화되는 것 혹은 영화화되는 것인 분들이 있습니다. 그래서 그분들은 글을 쓸 때 드라마화, 영화화를 염두에 두고 글을 씁니다. 즉 작가 스스로가 검열을 시작하는 거죠. '이 장면은 사람들이 너무 많이 나오는데, 몹 신은 제작사가 싫어한다고 그랬지'라면서 뺍니다. '주연급 등장인물이 너무 많이 나오면 캐스팅이 어렵겠지'라면서 인물 수를 줄입니다. '몬스터 한 마리 정도는 CG로 가능하지 않을까. 아니야, 차라리 없애는 게 나을 것 같아'라면서 몬스터를 생략합니다. 주인공이 해외 출장을 자주 가거나 미국이 나오고 유럽이 나오면 '해외 로케이션은 제작사가 싫어하겠지'라며 뺍니다.

그런데 지금 작가가 하고 있는 고민은 작가의 고민이 아니라 제작사의 고민입니다. 왜 그걸 작가가 하고 있습니까. 주호민 작가의 웹툰 『신과 함께』를 생각해보십시오. 지옥이 나오고 귀신이 나오고 염라대왕이 나옵니다. 그런데도 원작이 재미있고 압도적인 흥행을 하면 영화로 만들어집니다.

크게 히트를 치면 제작사들은 웬만한 위험은 감수합니다. 드라마화의 첫 번째 단계는 제작의 용이성이 아니라 큰 히트작이 되어야 한다는 것을 명심하기 바랍니다. 작가가 자기검열을 하기 시작하면 그 어떤 장면도 연출하지 못합니다.

이런 경우도 있습니다. 요즘 많은 웹툰 제작사들이 웹소설을 웹툰으로 만들고 있습니다. 웹툰의 경우 아무래도 글보다 시각화가 잘돼서 제작사들이 쉽게 볼 수 있죠. 그리고 그들이 원하는 장면과 이미지가 머릿속에 생생하게 떠오릅니다. 웹툰 또한 웹소설의 수입원입니다. 웹소설 작가의 원작 소설을 웹툰화할 때 계약에 따라 비율은 좀 다르지만 전체 매출 중 일정 부분을 웹소설 작가가 가져갑니다.

게다가 웹툰은 중국 수출이 굉장히 쉽습니다. 소설은 번역 이슈가 있어요. 하루에 5,000자를 쓰면 A4 용지 서너 장을 번역해야 합니다. 그런데 그 5,000자를 웹툰으로 만들면 번역할 내용이 A4 용지 한 장으로 줄어듭니다. 이처럼 웹툰은 번역이 쉽다 보니까 중국, 일본으로 수출하기가 용이합니다. 그런데 이때도 수출의 첫 번째 요건은 '중국어로 번역하기 쉽다'가 아니라 '히트작이어야 한다'는 겁니다.

그러므로 글을 쓸 때 2차적인 수입이나 OSMU(one source multi use, 하나의 콘텐츠로 여러 상품을 만드는 것)를 생각하지 말고, 오로지 이 웹소설을 굉장히 재미있게 써서 크게 히트시키겠다는 생각으로 쓰기 바랍니다.

웹소설의 드라마화를 대하는 자세

1. 드라마 제작사는 거의 메가 히트 작품만 본다.

2. 제작하기 용이한 작품이 드라마화에 유리하다.

3. 판권계약을 해도 드라마로 만들어지지 않을 수도 있다.

4. 드라마화를 위해 자기검열을 하기보다 히트작을 내겠다는 생각으로 쓴다.

세상에 대한 관심을
잃지 말자

지금까지 길다면 긴 내용을 읽느라 고생 많았습니다. 작가의 길을 가는 분들께 이 책이 조금이라도 도움이 되었다면 더할 나위 없이 기쁘겠습니다.

마지막으로 하나만 더 말씀드리겠습니다. 어떻게 해야 독자들이 여러분의 작품에 공감하며 긴 시간을 함께하게 될까요? 이 점에 있어서는 아무래도 나이를 배제할 수 없습니다.

여러분의 독자들 중 가장 많은 연령층 두 개를 고르면 그것이 바로 여러분의 주 독자층입니다. 그런데 많은 경우 주 독자층의 연령층은 작가의 나이와 묘하게 일치합니다. 물론 그렇지 않은 작가도 있을 수 있습니다. 하지만 최고 구매수를 자랑하는 최근의 히트작들을 분석해보면 그렇습니다. 이런 사실을 보면 작가가 자신의 연령에 맞는 독자를 끌어들이는 게 가장 쉽다는 것을 알 수 있습니다.

저 같은 경우 10대는 포기했습니다. 10대는 제 작품을 구매하는 비율이 굉장히 낮으니까요. 당연합니다. 10대인

제 조카와 저는 말을 많이 하지 않습니다. 둘이서 대화를 하면 무슨 말을 하는지 서로 잘 모르는 경우가 많습니다. 마찬가지로 20대 자녀와 중년인 부모님이 대화하는 게 쉬운 일은 아닐 것입니다. 대한민국 중년층이 안고 살아가는 삶의 무게를 20대가 이해하기는 힘들고, 20대의 정서를 중년이 이해하기도 힘드니까요.

마케팅에서 자주 쓰는 용어 중 '포커스 그룹'이라는 게 있습니다. 상품 판매의 주 타깃이 되는 그룹으로, 집중해서 마케팅하는 그룹이라는 뜻입니다. 보통 포커스 그룹의 나이, 직업, 성별, 소득 수준 혹은 주거 지역을 파악합니다. 하지만 우리 작가들은 그렇게 세부적으로 알 필요는 없습니다. 성별과 나이 정도만 알면 됩니다. 예를 들어, 현대 판타지나 무협 혹은 정통 판타지의 독자는 주로 남성이고 로맨스물의 독자는 대부분 여성이죠.

여러 번 말했듯 여러분은 10년 이상 작가생활을 해야 됩니다. 지금 20대인 작가가 10년 뒤에는 30대가 되고, 지금 30대인 작가는 10년 뒤에 40대가 됩니다. 마찬가지로 지금 여러분의 독자도 나이가 듭니다. 작가는 지금의 독자와 함께 나이를 먹으며 10년 뒤에도 지금의 독자를 여러분의 독자로 만들어야 합니다.

　문제는 독자들과 작가 사이의 괴리감입니다. 독자들은 나이가 들면 생활에 변화가 엄청나게 일어납니다. 대학생이 직장인이 되고 결혼을 하고 부모가 됩니다. 사회생활을 하며 갑과 을의 관계도 겪고 돈 문제, 가정 문제, 자식 문제로 좌절도 합니다. 그런데 작가는 만나는 사람이 제한적인 경우가 많고 사회에서 갑도 을도 아닌 독립적인 존재입니다. 오로지 자신과의 싸움이 전부인 세상에서 살 가능성이 높습니다. 무려 10년이나 말이죠. 독자와 작가는 같은 연령대라도 10년간 전혀 다른 세상을 산 결과, 사고의 방향과 여러 사안을 바라보는 관점, 정치적 성향, 직업, 문화 등에서 차이가 생기고 공감대가 줄어듭니다.

　물론 계속해서 같은 연령층만 공략해도 됩니다. 하지만 여기에는 한계가 있습니다. 잘 생각해봅시다. 20대의 작가가 20대의 독자를 공략해서 성공했고 비슷한 장르의 글을 계속 썼습니다. 10년 뒤 그 20대의 작가는 30대가 되었습니다. 30대가 된 작가는 변화 없이 20대의 독자를 공략합니다. 그런데 이 작가의 경쟁 상대는 같은 30대 작가가 아니라 20대 작가들입니다. 30대 작가와 20대 작가가 20대 독자층이라는 공통된 파이를 놓고 경쟁하면 과연 누가 더 유리할까요?

당연히 20대 작가가 독자의 공감을 더 잘 끌어낼 확률이 높습니다. 어쩌면 30대 작가는 20대 독자들에게 이런 말을 듣게 될지도 모릅니다.

"뭐라고 콕 집어 말할 수는 없지만 당신의 글에서는 '아재' 냄새가 납니다."

흔히 '젊어 보인다'는 이야기를 많이 하는데요. 그 이야기는 같은 나이에 비해 약간 젊어 보이는 것이지 실제로 10년 전, 20년 전과 똑같이 보인다는 말은 절대 아닙니다. 글도 똑같습니다. 20대를 공략하는 30대 작가의 글은 다른 30대의 글보다 좀 더 센스가 있을지 모르지만 경쟁하는 20대 작가와는 전혀 다릅니다.

그럼 대체 어떻게 해야 할까요? 현재의 독자와 공감대를 공유하며 이 감성을 10년 뒤에도 깨지 않도록 노력해야 합니다. 그러기 위해서는 세상과 동떨어져 사는 작가가 아니라 다양한 분야에 관심을 가지고 현실에서 사는 작가가 되어야 합니다. 소설의 배경이 판타지든 무협이든 현대든, 게이트가 열려 몬스터가 쏟아지는 암울한 세상이든 우리는 그 속에서 살아가고 있는 사람들의 이야기를 쓰고 있습니다. 그 사람들을 이해하고 글에 녹여내기 위해서는 우리도 세상과 세월의 흐름에 몸을 실어야 합니다.

가끔은 노트북을 덮고 친구를 만나고 여행도 다니고 신문도 읽고 방송에서 하는 말, 친구가 하는 말 그리고 세상이 하는 말에 귀를 기울입시다. 그래서 10년 뒤의 세상에서도 가장 적합한 글을 쓰는 작가가 됩시다. 아니, 20년 뒤에도 글은 계속 써야죠.

「스파이더맨」의 피터 파커는 두 번의 각성을 합니다. 첫 번째는 거미에 물려 초인적인 힘을 갖게 되었을 때입니다. 그때는 단지 강한 힘을 가진 초능력자일 뿐이었죠. 그러다 삼촌이 불의에 맞서지 않은 자신 때문에 죽임을 당하자 두 번째 각성을 합니다. 초능력자 피터 파커에서 히어로 스파이더맨이 된 거죠. 여러분도 마찬가지입니다. 여러분이 글을 쓰겠다고 각성하는 순간 지망생이 되었습니다. 이제 두 번째 각성을 하십시오. 이제는 작가가 되는 겁니다.

제 이야기는 이것으로 끝마치겠습니다. 모두 건필하시기 바랍니다.

유료 누적 조회수 5천만 산경 작가의
실패하지 않는 웹소설 연재의 기술

초판 1쇄 발행 2019년 12월 30일 **초판 7쇄 발행** 2023년 1월 5일

지은이 산경
펴낸이 이승현

출판1 본부장 한수미
라이프 팀장 최유연
편집 최유연

펴낸곳 ㈜위즈덤하우스 **출판등록** 2000년 5월 23일 제13-1071호
주소 서울특별시 마포구 양화로 19 합정오피스빌딩 17층
전화 02) 2179-5600 **홈페이지** www.wisdomhouse.co.kr

ⓒ 산경, 2019

ISBN 979-11-90427-65-4 03800